Aleph Dáath
CAMINO AL PARAÍSO
IMPENSABLE

Ediciones

Aleph Dáath.

Camino al Paraíso Impensable. -Primera Edición- Venezuela. Editorial Alfonso Arena, F. P. Año: 2017.

336 pp. 21 cm x 14 cm.

Edición y Publicación: Editorial Alfonso Arena, F. P.

Sello Editorial: EAA Ediciones.

Diseño y Diagramación: Giuseppe M. Bastián.

Sitio Web: http://www.eaa.com.ve/

E Mail: editorial@eaa.com.ve

HECHO EL DEPÓSITO DE LEY

ISBN: 978-980-7844-01-7

Depósito Legal: AR2017000119

Aclaratoria del Autor: más allá de las historias, la ficción y los personajes que suelen dar vida a cada obra narrativa, se encuentra el sentido de una imaginación creativa, que nos impulsa a considerar nuestra propia verdad, como un elemento que trasciende a los límites establecidos por el Azar. Como seres humanos; somos libres de creer en las coincidencias, o negarnos a estas, para sustentar nuestras ideas en la Ley de Causa y Efecto.

Hoy más que nunca confieso que los acontecimientos descritos en la presente obra; *"Ficticios o Reales"*. ¡Los he vivido! En esta vida o en cualquier otra; considerar con certeza, cual es la distancia entre realidad y ficción; solo es cuestión de creencia y convicción.

"Creo en mi realidad, más allá de las fronteras de mi propia ficción".

Aleph Dáath.

Mateo 17:11-13. Respondiendo Jesús, les dijo: a la verdad, Elías viene primero, y restaurará todas las cosas. Mas os digo que Elías ya vino, y no le conocieron, sino que hicieron con él todo lo que quisieron; así también el Hijo del Hombre padecerá de ellos. Entonces los discípulos comprendieron que les había hablado de Juan el Bautista.

Dedicatoria.

A María, que fue Joska.

Lo siento debo rectificar esta dedicatoria.
Lo intentaré de nuevo:

A quien alguna vez, en un lugar lejano;
fue la joven Joska...

¡Perdón!

En esta existencia a: Susana Rodríguez
México, 1982.

Nota explicativa sobre la dedicatoria: desde que comencé a escribir esta novela, supe a quién estaría dedicada; sin embargo, no encontraba la forma ideal de hacerlo. De hecho; ¡no la conseguí! Solo puedo decir que esa dedicatoria; ¡me encontró!

Debo confesarles con sinceridad, lo que me sucedió:

"La noche del día 30 de enero del año 2017, a las 2:17 AM, tuve un extraño sueño; en él, me encontré frente a mi escritorio, y tenía en mis manos una hoja de papel. Soñé que escribía la dedicatoria, y alcancé a ver con detalles, cada una de las palabras que utilizaría, e incluso los signos de puntuación, tipo de letra y alineación del texto".

Más que una dedicatoria, es la dedicatoria de un gran sueño…

PRÓLOGO.

Un mes, en ocasiones puede parecernos poco tiempo; sin embargo, en esta historia, ha sido más que suficiente para hacernos saber que la muerte, no es el final, sino una nueva oportunidad para renacer de las cenizas como el Ave Fénix.

La tragedia y las adversidades son reveladas como una parte importante de nuestra realidad, y su vinculación con el Karma, constituye un elemento primordial del aprendizaje intuitivo.

En consecuencia, Joska, fue una creación que personifica un ideal, un conjunto de cualidades humanas, en su proceso de formación y despertar espiritual.

—Un estado ideal del Ser—.

Durante la narración, se ha reflejado el sentimiento hecho realidad, el dolor convertido en sabiduría, y la verdad transformada en ficción; siempre con el propósito de impulsar un conjunto de valores morales, que suelen constituir el estado ideal de la verdadera personalidad humana en el camino que conlleva a su propia regeneración espiritual.

En la obra, se describen diversos contextos ideológicos desde la caracterización de sus personajes, mediante el enfoque de los ideales de libertad, la eterna y permanente lucha por alcanzar el despertar de la conciencia e incluso, la definición del verdadero sentido de la vida, desde la aceptación de la realidad, entendiendo que la misma, puede ser nuestro infierno o paraíso, dependiendo de la óptica personal con la cual tomemos la decisión de interpretarla.

Durante la narración, se pueden observar algunos fragmentos poéticos, e incluso un característico y peculiar soneto, que hace resaltar cada uno de sus catorce versos, en función de resumir el propósito de la joven Joska como protagonista de la historia.

En este sentido, se concibe la vida como una experiencia inolvidable, un espacio donde nos reencontramos con el Ser: ¡nuestro Dios! En un sublime recuerdo, referido a nuestras pasadas existencias; que a su vez, nos permite expresar esa chispa mínima de conciencia despierta a la que se le conoce como esencia.

En su desarrollo, no resulta extraña la manifestación de un fin primordial de la vida, mediante la comprensión de la sabiduría. Para culminar con seis inspiradores versos que cuentan los acontecimientos: la revelación de un oscuro pasado, las recurrencias, los karmas, y la aplicación de la ley divina en contraposición al azar y las casualidades.

A lo largo de la línea narrativa, se hace presente un conjunto de sucesos que permiten al lector, recrear muchas emociones y sentimientos, los cuales mantienen vivo el inmenso deseo de continuar la lectura de principio a fin, hasta encontrarnos con un inesperado final que puede resultar extraño, misterioso o quizás triste, pero a su vez, tan inspirador como el mensaje revelado a través de la frase:

¡No te pierdas la realidad de la vida!

Todo está aquí...

Aleph Dáath, 2017.

I

Budapest – Hungría.

Diciembre, 1978.

Joska Viktória Levenson es una linda chica de 15 años, su piel blanca como la nieve del frio invierno, y en su rostro angelical, brillan hermosos ojos azules que hacen recordar el cielo en una tarde de verano. Su cabello es rubio como el sol, 1,70 de estatura, contextura delgada, aparentemente frágil, sutil y delicada; sin embargo, nada es más contrario a ello, que su fuerza de voluntad, inteligencia, y el fervor con el que persigue cada uno de sus sueños a pesar de las duras penas que le ha tocado vivir.

Hace 14 años, sus padres, el Sr. Józef Levenson de 38 años y la Sra. Janah de 32 años, ambos inmigrantes judíos de origen polaco perdieron la vida en un desafortunado accidente de tránsito.

Después del suceso, su tía paterna Ada Levenson de 42 años quien era su único pariente, se encargó de ella, brindándole un hogar humilde, pero con una buena educación.

La Sra. Ada se caracterizaba por ser una mujer de corazón noble, muy amigable, aunque poco social. El parecido con su sobrina era impresionante, el color de piel, su contextura delgada y sutil, su rostro redondeado con la belleza de un pequeño ángel, ojos azules claros y el cabello rubio.

Ella fue como una madre para Joska, la educó con valores morales muy sólidos, y estuvo al pendiente de su formación escolar; ¡le dio todo el cariño que necesitaba!; hizo que en el corazón de Joska se arraigaran sentimientos muy nobles, los cuales le impulsarían a vivir una gran historia personal a pesar de las adversidades.

El día 1 de diciembre de 1978, Joska cumplía 15 años y su tía Ada de 56 años, preparaba un pastel y algunas galletas, para celebrar. Cuando de pronto: ¡se escuchó un aterrador grito de dolor! La Sra. Ada Levenson, había sufrido un infarto; el acontecimiento impactó fuertemente a la chica.

La inocente joven, corrió desesperada y abrazó a su tía; amargas lágrimas brotaban de sus ojos azules, y corrían por todo su rostro. La jovencita se desesperó y gritó; esos ojos azules claros, esa noche mostraron un tono gris y opaco, como si se tratara de un cielo, anunciando una inminente lluvia.

Repentinamente, Ada le dijo:

—¡Joska! Hija pide ayuda.

A lo que respondió la joven desesperada, e inmediatamente salió de la casa y comenzó a correr a lo largo de la calle, gritando y suplicando: ¡ayuda! De pronto, se acercó un hombre que aparentaba más o menos unos 40 años, de contextura fuerte y lo suficientemente alto como para que el rostro de Joska, solo llegara a la altura de su pecho, tenía piel blanca, cabello negro y su cara inspiraba mucha seriedad. El sujeto se paró frente a la chica y preguntó:

—¿Qué sucede? ¿Te ha pasado algo?

—¡Señor! Es mi tía, está muy mal y le duele mucho el pecho —dijo la joven, con el rostro impregnado de lágrimas.

—Rápido jovencita, ¡dime! ¿Dónde está ella?

La joven le indicó que la siguiera, y echó a correr; el Sr. Zsiga Horváth, también corrió detrás de Joska, hasta que ambos llegaron a la casa de su tía Ada.

Al llegar, entraron a la casa y el Sr. Horváth, tomó a la Sra. Ada y salió con ella en sus brazos, hasta la calle. Un automóvil de color azul claro se paró y el Sr. Horváth, le pidió que los llevara al hospital; el dueño del vehículo accedió a llevar a la Sra. Ada; así que todos abordaron el auto y la trasladaron a un reconocido hospital de Budapest. Los médicos, atendieron rápidamente a la tía de Joska; sin embargo, la Sra. Ada no resistió el infarto y falleció en manos del personal médico de guardia.

Cuando los médicos le dieron a Joska la terrible noticia, de forma inmediata cayó de rodillas en el suelo del hospital y derramó amargas lágrimas de dolor.

El Sr. Horváth era una buena persona y estaba conmovido por todo aquello que había sucedido. Le ayudó a levantarse del suelo, y apretó sus manos al momento que trataba de tranquilizarla; mientras la chica, aun destrozada por el momento tan doloroso y difícil, solo llorada y sentía un vacío en su interior, era un sentimiento de soledad tan intenso como la muerte, y tan doloroso como una daga que se enterraba en su corazón.

El Sr. Horváth llevó a la joven a la casa de su tía Ada, pero antes de retirarse, le preguntó:

—¡Jovencita! ¿Tienes algún familiar a quien pueda avisarles?

—No señor, mi tía es lo único que tenía en la vida.

La mirada de aquella chica mostraba una inmensa desolación, tristeza y angustia.

El Sr. Horváth, comprendió que se encontraba totalmente sola. Esto le conmovió mucho, debido a que él, a pesar de tener una apariencia fuerte y con mucha seriedad en su rostro, era una buena persona, muy culto, educado y atento. Era dueño de una pequeña tienda de antigüedades, situada cerca del lugar donde vivía la Sra. Ada; así que pensó en solidarizarse con la jovencita, y preguntó:

—¿Cómo te llamas?

—Joska —dijo la chica, con una voz temblorosa.

—Mi nombre es Zsiga Horváth, entiendo lo que te ha pasado y no encuentro palabras, para consolar ese inmenso dolor, también me siento mal por esta situación Joska. Yo trabajo cerca de aquí, en la tienda de antigüedades que está en la esquina Sur, a dos cuadras de esta calle; ¿sabes dónde está?

—La joven, afirmó con un ligero movimiento en su cabeza—.

—Por ahora me tengo que ir, mañana hablaremos y te prometo que te ayudaré; ya es muy tarde y mi familia me espera —dijo el Sr. Horváth.

Como acto seguido, Joska empezó a llorar, al recordar que su familia, no existía y comenzaba a sentir una intensa soledad; ante esta situación el Sr. Horváth, pidió perdón a Joska:

—Disculpa, tengo que irme, pero no estarás sola; mañana pasaré a visitarte y hablaremos, sé que esto es realmente fuerte. Si quieres, puedes ayudarme con las ventas en la tienda de antigüedades y así podrás ganar algo de dinero, volver a la escuela a estudiar y superar todo esto.

La joven Joska le agradeció el gesto, y corrió llorando a su recámara, el Sr. Horváth cerró la puerta de la casa y se marchó.

Al día siguiente, Joska despertó, aun con el dolor y la soledad que reinaba a su lado; el día fue pasando lentamente, pero de pronto alguien tocó la puerta. Era el Sr. Horváth; ella le invitó a pasar, ambos se sentaron en la sala de la casa y conversaron. Como era de esperarse, Joska tenía muy poco que decir, prácticamente el único que hablaba era el Sr. Horváth; mientras ella simplemente respondía las preguntas, negando o afirmando según el caso. En esta oportunidad el Sr. Horváth, le trajo un libro a Joska y le dijo:

—Quiero que leas este libro, en él, hallarás muchas respuestas.

Joska se interesó, y miró la portada; pudo ver el título del libro: *La Divina Comedia* escrita por *Dante Alighieri*. Ella seguidamente, le comentó al Sr. Horváth que le fascinaba la lectura. Aun en su corta edad, había leído una cantidad de libros, sobre todo novelas y algunos textos de poesía.

—¡Eso es excelente! En los libros esta la magia y la sabiduría de cada escritor; si lees aprendes cada día más y serás una mejor persona, y no lo digo solo por el conocimiento; en estos tiempos, la gente olvida el pasado, sin pensar que el destino, está escrito con la inspiración de nuestro pasado —dijo el Sr. Horváth.

A Joska le pareció algo cruel esa frase y se preguntó a si misma: ¡entonces! ¿Qué hice yo para tener este destino? Solo lo pensó, pero no se atrevió a comentarlo. Creyó que tal interrogante le resultaría ofensiva al Sr. Horváth; no obstante, él ya se consideraba su protector y estaba decidido a cambiar su destino, porque sabía que ella, era una gran persona. En ese momento, la chica sintió curiosidad y le preguntó:

—¿Usted tiene hijos Sr. Horváth?

—Joska, tuve una hija que ahora podría tener tu edad, pero la perdí; ella enfermó de neumonía y no resistió el frio invierno. Cuando eso pasó, mi esposa y yo estábamos destrozados; mi niña solo tenía siete añitos —dijo el Sr. Horváth, al momento en el cual, una lágrima corrió por su rostro.

—Lo siento Sr. Horváth, no debí preguntar.

—Tranquila Joska, no tienes que apenarte: ¿qué edad tienes?

—Ayer cumplí mis 15 años.

El Sr. Horváth no supo que decir, pero: ¿cómo saberlo?, para un adulto que ha perdido a su hija no resulta nada fácil, responder a una joven que cumplió sus 15 años en un hospital de la ciudad, llorando la muerte de la única persona que tenía en su vida. Se dio cuenta del impacto que ha debido sufrir esa chica y no se perdonó haberla dejado sola el día anterior. Sintió una inmensa culpa, pero el tiempo pasó y no era posible volver atrás; así que decidió no perder la oportunidad de ayudar a Joska de allí en adelante. En ese momento, Joska rompió el silencio que había en el entorno, con una pregunta:

—¿Aun quiere que trabaje en su tienda Sr. Horváth?

—Claro Joska, trabajaremos juntos en la tienda, te enseñare muchas cosas y retomarás la escuela; mañana quiero que conozcas mi casa y te presentare a mi esposa, puedes considerarnos como una segunda familia.

La joven Joska por un instante se sintió mucho mejor, el día anterior lo había perdido todo y en ese momento; comenzaba a ganar el apoyo de nuevas personas que le ayudarían a superar poco a poco las dificultades; ¡no podía creerlo!; solamente expresó su agradecimiento. Por otra parte, el Sr. Horváth se despidió de Joska con la promesa, de llevarla a conocer a su esposa y ayudarla a retomar su vida. Gesto que representaba para la joven la oportunidad de cambiar su destino para siempre.

II

Era el segundo día de duelo para la joven y la noche pasaba lentamente; casi no le quedaban lágrimas en sus ojos, pero la tristeza y la soledad, parecían crecer cada minuto. Dio vueltas y vueltas en la cama sin poder dormir, el silencio aterrador y el implacable frio del invierno; se mezclaban con la soledad que ella sentía en su corazón. Esperaba que todo pasara pronto, quería que los días se fueran, y el tiempo transcurriera muy a prisa.

Amaneció muy cansada, la luz del día era tan incómoda y aun sentía un sueño muy intenso. De pronto: ¡escuchó! Estaban tocando a su puerta; ¡era el Sr. Horváth!, Joska se levantó de la cama rápidamente y contestó:

—¡Voy! ¡Ya Voy!

Mientras el Sr. Horváth esperaba en la puerta de la casa; Joska se levantó de la cama apresuradamente, salió de la habitación, abrió la puerta y le indicó que entrara. Al abrir, se dio cuenta que la entrada estaba totalmente llena de nieve; el clima de invierno era fuerte y eso haría más difícil las cosas. Pero el Sr. Horváth, no rompería su promesa a pesar del clima.

El recién llegado visitante, le preguntó a Joska si podía prestarle una pala, él, quería ayudarle y ella aceptó su ofrecimiento, fue, buscó dos palas y se colocó una gruesa chaqueta de invierno; pues, Joska aun en el peor de los momentos, era una jovencita con gran fortaleza de espíritu y siempre dispuesta a enfrentar las dificultades.

Ambos comenzaron a quitar la nieve que estaba obstaculizando la entrada de la casa. En aproximadamente media hora terminaron. Así que entraron nuevamente a la sala, Joska le dijo al Sr. Horváth que prepararía un poco de café, chocolate caliente y comerían algunas galletas. También le ofreció un trozo de pastel. No podía evitar llorar, cada vez que pasaba a la cocina. Debido a que la mesa servida, desde hace un par de días, le recordaba su tragedia.

El Sr. Horváth le expresó a la chica que no era su invitado y le confesó que se encontraba allí para apoyarla; pasó con ella a la cocina y le ayudó a preparar el desayuno; se aseguró que la jovencita se alimentara, cosa que resultaba difícil por la profunda tristeza que estaba sintiendo; mientras él, solo tomó una taza de café caliente; terminaron de comer y el Sr. Horváth, dijo:

—¡Vengo a cumplir mi promesa! Quiero que me acompañes, conozcas a mi esposa y pasemos un rato como si fuéramos una familia.

—Necesito cambiarme de ropa Sr. Horváth —dijo Joska, tratando de contenerse para no llorar, al escuchar la palabra familia.

La chica entró a su recámara mientras el Sr. Horváth esperaba en la sala. Después de algunos minutos, Joska salió de la habitación, y estaba lista. Ambos salieron de la casa, y el Sr. Horváth le indicó a

Joska que primero pasarían por la tienda de antigüedades. Así que comenzaron a caminar hacia la esquina Sur. Caminaron un par de cuadras y llegaron a la tienda que funcionaba en un local no muy grande, pero estaba bien organizado y muy limpio. El Sr. Horváth abrió la puerta de la tienda y mientras lo hacía, dijo:

—Tranquila no pasaremos mucho tiempo aquí; solo quiero mostrarte la tienda.

—No hay problema Sr. Horváth.

En realidad, para Joska esto no era ningún problema; a pesar del frio en las calles, las distracciones le ayudaban a olvidar, y cualquier cosa era buena; salir, caminar, entrar a una tienda de antigüedades; todo era una gran distracción en ese preciso instante. Así que pensó en proponerle al Sr. Horváth: abrir ese día la tienda y trabajar; la idea de tener la mente ocupada en algo sería una gran ayuda; y sin importar la respuesta que recibiría, dijo:

—Sr. Horváth, ¿podría abrir su tienda hoy?, yo puedo comenzar a trabajar, eso me ayudará y me sentiré mejor.

El Sr. Horváth estaba sorprendido y le resultaba difícil creer, que una jovencita de solo 15 años pudiera ser tan fuerte emocionalmente, pensar con madurez y mantenerse centrada ante un acontecimiento tan doloroso, y más, en una fecha tan significativa para cualquier joven de su edad.

En efecto, una chica de 15 años que pierde a su familia y queda totalmente sola sin saber qué hacer, podría necesitar asistencia psicológica. Pudo entrar en una profunda depresión y morir; pero Joska, era fuerte y no se dejaba vencer; respondía a la situación como si estuviera superando esa gran pérdida en tan solo horas; no obstante, los pensamientos del Sr. Horváth nuevamente se vieron interrumpidos por la voz de Joska que decía:

—Sr. Horváth, ¿puede abrir su tienda hoy?

El Sr. Horváth despertó de esa nube de pensamientos sobre la capacidad y la madurez de Joska, y sin dudarlo respondió afirmativamente.

Abrieron la tienda y mientras el Sr. Horváth limpiaba el mostrador y acomodaba algunas cosas. La joven; ¡miraba todo con gran asombro! En ese lugar, había muchas cosas con las cuales ella se identificaba. Aun sin saberlo, Joska se estaba rencontrando con su destino; no estaba allí por casualidad y pudo sentirlo. Era como si hubiera visitado la tienda hace muchos años, y en ese instante hubiese regresado.

Mientras la joven Joska observaba todo con detenimiento. El Sr. Horváth tomó el teléfono y llamó a su casa, para avisar a su esposa que había cambiado de planes, y abriría la tienda para trabajar ese día. Ante esto, la Sra. Marely, preguntó:

—¿Qué sucedió amor? ¿Le ha pasado algo a esa chica?

—¡No cielo!, por el contrario; se encuentra mucho mejor, trabajaremos hoy en la tienda y nos iremos a casa; la llevaré y tendrás la oportunidad de conocerla.

—Cariño, siento algo muy bueno en mi corazón; sabes que tengo una gran intuición, y esa chica parece ser una buena persona, puedo ver que ella traerá mucha felicidad a nuestras vidas; los esperaré para la cena; hasta pronto mi vida.

—¡Te quiero!

Luego de esto, la esposa del Sr. Horváth colgó el teléfono. Si había algo que decir de la Sra. Marely, es que al igual que el Sr. Zsiga Horváth, era una excelente persona; una mujer rubia con un rostro perfilado y atractivo, ojos verdes encantadores, su cabello a la altura de los hombros le hacía lucir muy bien, contextura ligeramente delgada y 1,78 de estatura. Tenía una buena educación, le apasionaban los libros, era muy atenta, amable y cordial. Definitivamente, una dama muy simpática y servicial; pero, había algo que no estaba a la vista de todos y sin lugar a dudas, representaba su cualidad primordial: ¡Su intuición era sorprendente! Tenía la capacidad de sentir y ver cosas, antes que sucedieran; su nivel espiritual era muy alto; e incluso podía predecir ciertas acciones que pasarían a futuro.

Esta condición, la heredó de su madre que fue una gran psíquica, y aun cuando ella no siguió sus pasos, tenía un gran conocimiento e interés por los asuntos espi-rituales. Le apasionaba el yoga, el budismo y la meditación; si la Sra. Horváth podía ver que la joven Joska traería felicidad a la familia, no habría razones para dudarlo; pues, la sabiduría de Marely, era casi siempre infalible.

Además de ello, el Sr. Horváth, siempre se ha sentido muy orgulloso de su esposa Marely, y de esa característica intuición.

Después de la llamada, el día para Joska y el Sr. Horváth, pasaba con total normalidad; sin embargo, no era un buen día para el negocio, en la calle el clima era muy frio por la temporada de invierno, y la gente prefería simplemente quedarse en casa; pero esto, no tenía por qué ser algo negativo para ellos, habían tenido mucho tiempo libre para conversar.

Entre los temas de conversación, el Sr. Horváth comenzó a contarle a Joska algunos momentos agradables que había pasado con su esposa; e incluso, le habló de un viaje que hicieron al Tíbet, y Joska preguntó:

—¿Al Tíbet?

—Sí, al Tíbet —dijo el Sr. Horváth, y continúo la historia—. Te contaré con detalles jovencita: mi esposa Marely siempre se ha sentido muy atraída por la cultura oriental, el yoga, el budismo y la meditación. Así que un día la llevé a conocer el Tíbet. Ese viaje no solo fue sorprendente para nosotros. También, marcó nuestras vidas de una forma muy positiva; siempre he sido una buena persona, pero no era muy optimista y esa era una de las cosas que me alejaba de Marely. Ella siempre ha visto una luz en los momentos de oscuridad; ¡pero ese viaje! De solo recordarlo, puedo sentir como cambió mi vida en solo un par de semanas, hasta llegar a ser lo que soy ahora.

—¿Qué sucedió en ese viaje?

—Te seguiré contando Joska —expresó nuevamente el Sr. Horváth, y le dijo—: en ese viaje, visitamos un monasterio budista y mientras disfrutábamos de la paz y la inmensa tranquilidad que puede sentirse en un lugar así. Conocimos un monje, y conversamos con él casi cuatro horas; sin embargo, no fue el tiempo que duramos hablando, lo que cambió nuestras vidas; sino las cosas que nos hizo entender. En ese momento, escuché las palabras de mi esposa Marely, y pude ver realmente la sabiduría con la cual se expresaba. Era para mí, algo tan significativo que, aun estando casados por años, de haber superado la muerte de nuestra pequeña, y tantas cosas más. La vida hubiera pasado, mientras yo me encontraba con la conciencia adormecida; ¡eso realmente me impactó! En esa oportunidad, descubrí algo muy importante que siempre estuvo ante mis ojos, pero yo era incapaz de verlo: ¡la vida no siempre es bella, pero es Real! Las cosas pasan frente a nosotros y casi siempre, nos encontramos inertes ante la realidad. Desde ese día, me he dedicado a ver la vida, no desde lo agradable, sino desde lo real, y en lugar de ver lo malo; me he dedicado a ver una oportunidad para cambiarlo; solo eso, es importante: *¡No te pierdas la realidad de la vida!* Hay momentos dulces como la miel, y otros muy amargos; pero al final, todos ellos son parte de la vida; saber disfrutar algunos y superar otros, es la clave para encontrar la felicidad en nuestra propia historia.

La joven Joska se encontraba sorprendida con el relato tan interesante que estaba escuchando de la voz del Sr. Horváth; para ella, era muy inspirador en ese momento, conocer una historia como esa.

En su mente quedó grabada la frase: *¡No te pierdas la realidad de la vida!* Ella sabía que la vida podía ser dulce o amarga, ¡lo había vivido!; pero en el fondo, sentía que habría mucho más; algún significado más allá de lo visible, algo que solo el oído del alma sería capaz de escuchar. Joska siguió pensando en la frase:

¡No te pierdas la realidad de la vida!

¡Pero! ¿Cómo podría perderse la realidad de la vida? Si lo había vivido, ¡entonces! No es algo que habría perdido; le resultaba algo profundo, pero a la vez simple.

De pronto, su alma comprendió lo que para la razón es imposible. De allí en adelante, no analizó desde un punto de vista racional el pensamiento; sabía lo que significaba:

¡Despertar!

Entre relatos de viajes, frases de gran sabiduría y las pequeñas anécdotas que suelen hacer grande la vida de cualquier hombre o mujer. Las horas pasaron más rápido que de costumbre.

Ya eran cerca de las 6:00 PM y tenían que cerrar la tienda, la cual, en invierno, si el clima lo permitía; solo se mantenía abierta hasta las 5:00 PM.

Salieron del local y mientras Joska esperó unos minutos, el Sr. Horváth cerró la tienda. Luego ambos caminaron hasta la esquina Oeste, donde tomarían el autobús que los llevaría a la casa de la familia Horváth; sin embargo, la desagradable sorpresa era que durante la tarde, había nevado lo suficiente, para que se interrumpiera el servicio de transporte.

Al no funcionar el transporte público, todo era más difícil, las calles llenas de nieve, y deberían caminar casi siete cuadras para llegar a su destino; pero, no había de otra, tenían que caminar aun cuando el clima era extremadamente fuerte. Así que decidieron seguir; mientras iban camino a la casa del Sr. Horváth, no hubo ningún tema de conversación, el frio no permitía ese tipo de lujos.

Tardaron casi una hora en recorrer las siete cuadras; pasadas las 7:00 PM. Llegaron, el Sr. Horváth abrió la puerta, e inmediatamente su esposa Marely salió de la cocina a recibirlos; ¡al fin!, ya se encontraban resguardados bajo techo. En ese instante, el Sr. Horváth presentó su esposa a la joven, diciendo:

—Joska, te presento a mi esposa.

—Marely amor, ella es Joska.

—¡Hola! ¿cómo te encuentras jovencita? Soy Marely.

—Estoy bien Sra. Horváth, ¡es un placer conocerla!; mi nombre es Joska.

—Para mí también es muy grato conocerte Joska; pero no se queden allí. Pasen al comedor, con este frio se van a congelar; pueden tomar una taza de chocolate caliente, mientras preparo todo para servir la cena.

Pasaron al comedor y se sentaron, el Sr. Horváth en una silla a la cabeza de la mesa, la Sra. Horváth a su lado derecho y Joska al extremo izquierdo, quedando frente al señor y señora Horváth; los tres lugares restantes de la mesa quedaron vacíos.

La joven Joska observó y detalló la casa, era muy linda, bien decorada, amplia, con una sala y comedor espaciosos, entre la sala y el comedor, estaba ubicada la chimenea. Los muebles, mesas, sillas y demás objetos, tenían un aspecto muy clásico y decorativo; un buen número de cuadros, esculturas y otros adornos, le aportaban una apariencia de lujo al lugar. Desde el comedor había un acceso a la cocina, un pasillo, y al otro extremo se podía ver la escalera que conduciría, probablemente a las recámaras. En ese momento, la joven comentó:

—Sra. Horváth su casa es muy grande y linda.

—¡Me alegra mucho que te guste querida Joska!;

espero que te sientas bien, Zsiga me ha hablado mucho de ti —comentó Marely—. Y la joven se sonrojó un poco, aunque para su tono de piel, parecía como si se hubiera apenado mucho.

—¿Espero no haber dicho nada malo?

—No ha dicho nada malo Sra. Horváth, solo me dio un poco de pena.

La Sra. Horváth les sirvió una gran taza de chocolate caliente y colocó en la mesa una bandeja de porcelana con muchas galletas. Comenzaron todos a disfrutar del delicioso apetitivo y de la bebida para calentar el cuerpo; sobre todo Joska y el Sr. Horváth, que habían estado tanto tiempo expuestos al frio de las calles llenas de nieve. Pasaron los minutos y al cabo de casi media hora, la Sra. Horváth dijo:

—Ya es tarde y deben tener hambre, traeré la cena.

La Sra. Horváth se levantó de la mesa para ir a la cocina por la cena y regresó con una bandeja grande, la colocó en el centro de la mesa, y como era de esperarse, Marely se había esmerado mucho. En la bandeja había deliciosas Lángos, un plato muy típico húngaro caracterizado por ser preparado con una lámina de masa frita con tejföl, que es una especie de crema de nata.

Luego, la Sra. Horváth fue de nuevo a la cocina y trajo otra bandeja, la cual colocó en la mesa, justo al lado de la anterior. En esta había un plato llamado Lecsó; mejor conocido como: "*ratatouille húngaro*"; este plato se veía muy bien preparado y delicioso, las verduras, cebollas, tomates y pimientos tenían un agradable olor, todo el banquete era delicioso.

La Sra. Horváth comenzó a servir la cena, primero sirvió en todos los platos el Lecsó y después las Lángos.

El Sr. Horváth se levantó de la mesa y dijo: tenemos que brindar, voy por una botella de vino. Seguidamente, fue y regresó con la botella y también con un jugo de moras; esto era evidente que a la joven no la dejarían probar ni una sola gota de licor; aun cuando la ocasión fuese muy especial.

El Sr. Horváth descorchó la botella, sirvió dos copas y llenó una copa adicional con el jugo de moras; entregó la copa sin licor a Joska, colocó una de las copas de vino en manos de Marely, y dijo:

—Brindemos porque este día, sea el inicio de una gran amistad, y por la felicidad de todos.

—¡Así sea! —dijeron Joska y Marely, casi al mismo tiempo.

Todos juntaron sus copas hasta escucharse el ligero sonido del cristal al chocar; y se sentaron de nuevo cada uno en el lugar que ocupaban en la mesa.

La comida estaba servida y el Sr. Horváth, realizó la oración antes de comenzar a disfrutar de la apetecible cena; realizada la oración, bendijo los alimentos de una forma muy respetuosa; y después de pronunciar las palabras: ¡Que Así Sea!, dijo:

—Podemos disfrutar de los alimentos.

Todos comenzaron a probar los exquisitos platos que la Sra. Horváth había preparado para esa noche. Los gestos de agrado, la comida, el trato del señor y señora Horváth, le hacían sentir a la joven cosas muy especiales; ella estaba experimentando por primera vez en su vida, una cena en familia. Tal como hubiera sido si sus padres no estuvieran muertos; pero Joska, no arruinaría ese momento mágico con lágrimas.

Ella estaba dispuesta y decidida con total convicción, a superar cualquier prueba del destino, para seguir adelante. Encontró su refugio en la ausencia de pensamientos y se dedicó a vivir el momento; solo el aquí y ahora, era lo importante. ¡No se perdería por nada del mundo, la realidad de la vida! En la medida que el tiempo pasó, la cena terminó y conversaron mucho; como era evidente, tanto el Sr. Horváth como Marely, veían en Joska, un ejemplo de lo que hubiese sido el futuro de su pequeña hija. Por otra parte, Joska estaba recibiendo todo lo que la vida en otras oportunidades le había arrebatado.

Eran muchos los sentimientos, carencias afectivas, necesidades y afinidades, las que comenzaban a unir a la familia Horváth con la jovencita; y para Joska, todo esto era muy reciproco. Estaba encantada de encontrarse con personas así, y poder ver una luz, cuando la vida, hace tan solo un par de días parecía acabarse para ella.

Estando reunidos aun en el comedor de la casa del Sr. Horváth, observaron que eran cerca de las 10:30 PM y el tiempo había empeorado mucho, a razón del duro clima de invierno.

Afuera, estaba nevando y las fuertes corrientes de viento helado, hacían imposible que Joska pudiera regresar a su casa.

El Sr. Horváth y Marely le dijeron a la joven que no se preocupara, ellos le acomodarían la habitación de huéspedes y al día siguiente podría regresar a la tienda, después del desayuno. Subieron con Joska hasta la habitación, le facilitaron una gruesa manta para que se pudiera abrigar y se despidieron de ella deseándole una feliz noche de una forma muy afectiva.

La joven estaba encantada por el trato que recibía; pero, de pronto con la soledad de la noche; cientos de pensamientos se presentaron.

En su mente existían dudas, ella sabía que había encontrado el apoyo de la familia Horváth y podría contar con ellos; sin embargo, eso no lo era todo, quedaban muchas otras cosas pendientes por solucionar en su vida, y su destino; ¡aún era incierto! No dejaba de pensar en todo lo que pasaría de allí en adelante; pues, una vez que esa noche mágica llegara a su final, tendría que enfrentarse de nuevo a la tristeza que reinaba a las sombras de una casa que solo reflejaba una inmensa soledad.

III

L a noche para la joven Joska, pasó, y a pesar de los pensamientos pudo conciliar el sueño. En la mañana, sonó el despertador, con una de sus manos lo apagó, y comenzó a estirarse aún entre las sabanas, y la gruesa manta que le protegía del frio; se fue despertando poco a poco, eran las 7:00 AM; así que se levantó, lavó su cara y sus dientes, se arregló y bajó hasta el comedor.

La Sra. Horváth, le habló desde la cocina, indicándole que fuera hasta allá. La joven Joska, caminó hasta la cocina de la casa, donde Marely, le ofreció una taza de chocolate caliente.

Ella la recibió y comenzó a tomarlo; la Sra. Horváth estaba preparando el desayuno y aprovechó la oportunidad para entretenerse un rato conversando con Joska.

Durante ese tiempo, la joven preguntó por el Sr. Horváth, a lo que respondió Marely:

—Zsiga salió a quitar la nieve de la entrada; cuando regrese pasaremos a desayunar, para que puedan ir a la tienda y después a tu casa.

La joven Joska estaba emocionada de visitar nuevamente la tienda de antigüedades, y quería saber si ese día, sentiría lo mismo que el día anterior. En su mente había un extraño pensamiento que le inquietaba, debido a que ese lugar tenía algo; sin embargo, ella no podía saber lo que era, pero estaba dispuesta a descubrirlo. Pasaron algunos minutos; el Sr. Horváth entró a la casa vestido con una gruesa chaqueta de invierno, botas, y la pala aun en sus manos; saludó a Joska y preguntó:

—¿Está listo el desayuno?

—¡Si Cielo! —dijo Marely.

EL Sr. Horváth fue al patio trasero de la casa, guardó la pala y regresó, todos pasaron al comedor. La Sra. Horváth sirvió el desayuno, pan tostado, crema de nata, muchas galletas y una gran taza de chocolate caliente; se sentaron en los mismos lugares que ocuparon la noche anterior, dieron gracias a Dios por los alimentos, y el Sr. Horváth, después de la característica frase: ¡Que Así Sea! Indicó que podían comenzar a desayunar; tal como se acostumbra en muchos hogares húngaros.

Al finalizar el desayuno, el Sr. Horváth y Joska, se despidieron de la Sra. Horváth y se marcharon a la tienda de antigüedades. Ese día a pesar del frio, no estaba nevando; solo era posible observar la nieve del día anterior y el servicio de transporte había comenzado a funcionar. Así que no tuvieron que caminar hasta la tienda de antigüedades.

Llegaron a la tienda, el Sr. Horváth, abrió la puerta y caminó hasta el mostrador. Joska entró y se quedó parada frente al Sr. Horváth; de pronto, él, le dijo:

—Jovencita vamos a limpiar los objetos y colocarlos nuevamente en su lugar; pero ten mucho cuidado de no romper nada. Las cosas que hay aquí, ¡tienen un gran valor espiritual!

—¿Valor espiritual? —preguntó Joska, con mucha curiosidad.

—¿Por qué te ha llamado tanto la atención? ¡Joska! ¿Acaso sentiste algo al entrar en la tienda?

La joven Joska estaba convencida que era el momento indicado, para confesarle al Sr. Horváth, todo lo que había sentido el día anterior, y dijo:

—Sr. Horváth, ayer me sucedió algo muy especial y no me atreví a decirlo. Al entrar y ver todas esas antigüedades, me identifiqué con ellas, y por un momento, sentí que había estado aquí muchas veces; aunque es la primera vez que visito su tienda.

—Joska te contaré algo, la mayoría de los objetos que se encuentran en esta tienda de antigüedades, pertenecieron a muchas personas, y han sido heredados de generación en generación. Algunos de ellos, poseen un gran valor sentimental para muchas personas en diferentes países; e incluso, hay pertenencias que tienen un inmenso significado espiritual, tales como: péndulos, talismanes y medallas, entre otros. Así que tal vez, el hecho de sentirte identificada con algunos de ellos proviene de tus vidas pasadas.

—¿Mis vidas pasadas? ¿existe otra vida Sr. Horváth? —preguntó Joska, muy sorprendida.

—Claro que existen otras vidas —dijo el Sr. Horváth, y comenzó a contarle con detalles—: cuando tuve la oportunidad de hablar con el monje budista durante mi viaje al Tíbet, él nos enseñó un gráfico muy parecido a una rueda, la cual contenía muchos dibujos de plantas, animales y personas. Las figuras humanas en diversos contextos estaban en la parte superior; los animales al centro y las plantas en el extremo inferior. Los dibujos que se visualizaban al lado derecho expresaban tranquilidad; mientras que las figuras del lado izquierdo representaban situaciones agitadas. Abajo todas las imágenes concluían en un conjunto de rocas. Cuando le pregunté al monje sobre el significado del dibujo, él respondió: *¡Esa es la historia de la humanidad!* Ni Marely, ni yo lo entendimos, así que el monje comenzó a explicarse con detalles: *"Todo lo existente en el mundo, está vinculado a la Ley del Karma y Dharma; cada persona, animal, planta u otra cosa; es un protagonista de su propia historia; y esta a su vez, es parte de la historia de la humanidad. El hombre no ha sido, ni será siempre hombre; su esencia, esa energía maravillosa que representa el Alma, tiene que realizar un inmenso recorrido; pasando a formar parte del reino mineral por millones de años, hasta encarnar en el Ser de las plantas en un ciclo milenario; y cuando este Ser, está preparado; evoluciona para formar el reino animal, hasta evolucionar y encarnar en sus futuras vidas como un ser humano, con el propósito de alcanzar la Iluminación. ¡Su Despertar Espiritual! Si esto no sucede, el hombre volverá a involucionar en forma* *regresiva y en sus próximas existencias sufrirá a causa del Karma acumulado en sus vidas pasadas; para involucionar como hombre; después como animal, vegetal y mineral; hasta que su Alma se purifique y sea capaz de reiniciar el ciclo nuevamente. Por esta razón, todo lo que el hombre vive, no es otra cosa que la recurrencia o reflejo de sus anteriores existencias; hay 108 vidas humanas en esta rueda. ¡La Rueda del Samsara! Hay que saber vivir cada una de ellas; sin caer en la recurrencia, porque esta representa los errores del destino".* Después de lo relatado por el monje, pude comprender que no hay una sola vida. Aprendí a ver el destino de acuerdo con las recurrencias de mis existencias pasadas. Creo en el Karma y el Dharma, y sé que la promesa de un paraíso después de la muerte no es del todo cierta; tal vez por eso, es que me siento tan identificado a esta tienda de antigüedades, y es muy posible que eso; también te haya sucedido a ti.

La joven Joska estaba impactada con la maravillosa historia; solo podía escuchar atentamente las palabras del Sr. Horváth, mientras le contaba el espléndido relato.

Joska, al principio sintió afinidad con el lugar; pero ahora, casi estaba convencida que su estadía en la tienda cumpliría con un propósito mayor. Ese sentimiento de afinidad, era la clave para descubrir la forma de reinventar su vida y cambiar su propia historia personal.

De pronto los pensamientos de la joven fueron interrumpidos por un cliente que llegó a la tienda; y en ese momento el Sr. Horváth, preguntó:

—¿Puedo ayudarle?

—Sí señor, me gustaría saber cuánto cuesta la pintura que está en esa pared, diagonal al mostrador.

—Su valor es de 600 forint. —dijo el Sr. Horváth.

—Perfecto la llevaré.

Mientras el Sr. Horváth, levantaba la obra de arte para empacarla, su recién llegado cliente, sacó de su abrigo, el dinero; para contar la cantidad de 600 forintos o florines húngaros como se les conoce, y mientras lo hacía, preguntó a Joska:

—¿Cómo te llamas?

—¡Joska!

—Mi nombre es Ferenc Oláh.

—Es un placer conocerle Sr. Oláh.

—¡Espere! No la empaque todavía; ¡quiero contemplarla un poco! —dijo Ferenc, al Sr. Horváth, mientras entregaba el dinero.

El Sr. Horváth le entregó en sus manos la pieza de arte, y le manifestó que no había ningún problema, que podía contemplarla el tiempo que quisiera. El Sr. Oláh no era un cliente común. De hecho, no siempre a una pequeña tienda de antigüedades, llegan personas que compren los objetos, sin tratar de conseguirlos por un costo menor, y menos, que sientan la necesidad de contemplar las cosas.

El Sr. Ferenc Oláh, no era muy alto. Apenas; media algunos centímetros más que la joven Joska, su cabello era de color castaño, rostro redondeado, nariz curvada y bigote a la francesa; de piel blanca, cejas pronunciadas, algo regordete, y muy cordial, amigable, todo un pensador de grandes ideas, amante de los principios libertarios, y de la justicia; básicamente, era una de esas personas capaz de llegar a cualquier lugar y hacer amigos en solo cuestión de minutos.

El Sr. Oláh, realizó una perfecta crítica de la obra; el Sr. Horváth, había quedado asombrado; ni el mismo que era el dueño de la tienda, había detallado el contenido simbólico de esa pintura; para Joska, las explicaciones del Sr. Oláh, representaban su primera clase en la maravillosa escuela del destino: *¡la escuela del autoconocimiento!* Mientras el Sr. Oláh, explicaba de forma subjetiva las diferentes figuras humanas que formaban parte de la obra; desde sus posiciones, unas, enfrentando, otras resistiendo ataques de una batalla, y en el centro; un feroz dragón que era doblegado por un caballero; sin embargo, lo más interesante, no era el contexto de la batalla, sino el enorme y feroz dragón, dominado por un caballero, débil, de estatura pequeña, el cual, solo empuñaba una espada de madera; el Sr. Ferenc Oláh explicó su interpretación de esto, y dijo:

—¡Es realmente fantástico! Siempre quise una pintura así.

—Pero Sr. Oláh, ¿qué puede tener de especial un enorme dragón, siendo enfrentado por un caballero débil, que en sus manos empuña una pequeña espada de madera? —dijo Joska.

—No es solo un dragón y un joven débil enfrentándolo; es el simbolismo de la naturaleza valiente que existe en el interior del hombre, y su revelación contra la fuerza de un feroz imperio; es realmente importante, lo que se puede observar en esa pintura: ¡la fuerza, no siempre se encuentra arraigada en el poder! Ese pequeño hombrecillo, puede doblegar al feroz dragón, solo con una espada de madera; imaginen eso: ¡un dragón! Que escupe el suficiente fuego como para aniquilar multitudes, con enormes alas para sobrevolar ciudades, y fuertes escamas que harían impenetrable cualquier ataque.

—Pero: ¡solo es una pintura! Sería imposible creer que eso, podría pasar en realidad; usted mismo lo dijo Sr. Oláh; fuego para aniquilar multitudes, grandes alas para volar, y gruesas escamas que protegen su piel; ¡seria completamente ilógico! Una criatura así, si existiera, no podría ser doblegada por un solo hombre; ¡solo un ejército, podría destruirlo! Pero, en fin, no puede negarse que su interpretación es muy creativa —dijo el Sr. Horváth.

El Sr. Oláh, no se sintió ofendido, ni molesto por los comentarios del Sr. Horváth, pero insistió en seguir explicando el simbolismo de esa obra de arte; él si estaba convencido; sabía que esa imagen se refería a una batalla, pero no, una guerra convencional; era la lucha de la inteligencia y la sabiduría, contra la fuerza; así que continúo diciendo:

—¡Sé que les resulta increíble! Ese malvado y feroz dragón, asustaría a cualquiera con solo verlo; pero, su apariencia externa es así, porque en su interior alberga muchas debilidades; y en el fondo, muy adentro de su enorme fortaleza, solo hay miedo; yo podría asegurarles que un enemigo así de fuerte viviría aterrado; pensando que algún día sus débiles adversarios, podrían descubrir en sus propios ideales, los elementos que necesitan para derrotarlo; ¡allí está la clave! Esa, es la espada de madera que está plasmada en la pintura; una idea que ha sido perfeccionada con la unión y la convicción de los demás hombres; una idea convertida en lucha; una lucha convertida en sentimiento; un fuerte sentimiento, incapaz de aceptar la dominación. Esa es la espada que debe tener un hombre, cuando se enfrenta a la irracionalidad de un feroz dragón: *¡Solamente una Idea de Libertad!*

La joven Joska, se sintió muy inspirada con la interpretación del Sr. Oláh; no obstante, había muchas preguntas en su cabeza; pero a la vez, sabía que no habría tiempo para responderlas en solo un día, así que le dijo:

—Me ha parecido muy interesante su explicación y me encantaría que hubiera otras oportunidades para hablar de este maravilloso tema.

—Claro que habrá otras oportunidades señorita, para mí es un placer, conversar e intercambiar ideas.

—Las puertas de mi humilde tienda, ¡siempre estarán abiertas para recibirle cuando guste Sr. Oláh!; ha sido un honor conocerle y hacer negocios —dijo el Sr. Horváth, al momento en que estrechó su mano.

—¡Por nada! El honor es mío.

La conversación como era de esperarse duró mucho tiempo. Eran cerca de las 3:00 PM, y ni el Sr. Horváth, ni la joven Joska habían almorzado; así que el Sr. Horváth cerró la tienda, e invitó a la joven a comer en una pizzería que se encontraba solo a un par de cuadras de allí.

Después de almorzar, regresaron para seguir trabajando. En solo un par de horas, un buen número de personas visitaron la tienda y las ventas se incrementaron considerablemente, en relación con los días anteriores. Eran las 5:00 PM y el Sr. Horváth dijo:

—Ya es hora de cerrar jovencita, te acompañaré a tu casa.

—Está bien Sr. Horváth.

Salieron de la tienda, y cuando llegaron, el Sr. Horváth se despidió diciendo:

—¿Quieres que pase a buscarte mañana Joska?

—¡No! Sr. Horváth, yo puedo ir sola a la tienda, no hay ningún problema.

—Está bien Joska, que descanses; ¡nos vemos mañana!

—¡Un momento Sr. Horváth! Quiero preguntarle algo.

—¿Qué quieres saber Joska?

—Es algo sobre el libro que usted me regaló.

—A ver Joska, cuéntame: ¿qué ha pasado con el libro? Pensé que aún no habías comenzado a leerlo.

—Bueno Sr. Horváth, pude leer una parte, pero me llamó mucho la atención que el libro, habla del infierno y el paraíso; me dijo que encontraría muchas respuestas, pero hemos conversado sobre el tema de las vidas pasadas, y usted, ha manifestado no creer en esto; ¡no le comprendo!

—Joska, nunca te dejes llevar por los detalles que están presentes a simple vista. Ese libro encierra un inmenso significado que debes descubrir tú; para mí, el infierno y el paraíso está representado de una forma, y seguramente para ti representará otra. Las creencias no conducen a una sola verdad, sino a tu propia verdad individual; esa verdad que te hace ser una mejor persona, capaz de aceptar a los demás, y respetar su propia concepción de la verdad. Debes leerlo, creer conscientemente, y verás que un día, solo tu corazón será el indicado para darte esa respuesta que tanto anhelas.

La joven decidió confiar en su corazón y aplacar esa sed tan intensa que tenía por el conocimiento; sabía que algún día la verdad le sería revelada, y podría seguir su propio camino al paraíso con total convicción; sin embargo, tenía que dedicarse sencillamente a vivir.

Después de unos segundos de silencio, la joven se despidió del Sr. Horváth diciendo:

—¡Hasta mañana! Sr. Horváth

—¡Hasta mañana! Joska.

El Sr. Horváth se retiró, y Joska entró a su casa para descansar y pasar la noche, junto a esas preguntas sin responder; pero: ¡no se resignó! Sabía que muy pronto encontraría el camino que le conduciría a su propia verdad, y podría confiar en la voz de su corazón.

Solo debía esperar que llegara el momento; fue a su recámara, buscó el libro que le había regalado el Sr. Horváth y comenzó a leerlo; no obstante, el cansancio pudo vencerla y se quedó dormida a la mitad de la noche, con el intenso deseo de vivir plenamente, cada una de las experiencias que el destino aún estaba por entregarle.

IV

El día 5 de diciembre de 1978, la joven Joska despertó, se arregló y vistió para ir a la tienda de antigüedades, desayunó y se marchó.

El frio en las calles al igual que el día anterior, era fuerte; sin embargo, no estaba nevando, y había un gran número de personas en las calles, aun cuando la temperatura era de menos siete grados.

La joven llegó puntualmente a las 8:50 AM; unos minutos después, apareció el Sr. Horváth, y le dijo:

—Perdón Joska, ¿tienes mucho tiempo esperando aquí?

—No Sr. Horváth, llegué hace algunos minutos.

El Sr. Horváth abrió rápidamente la puerta de la tienda y le indicó a Joska que pasara. Después entró, cerró la puerta y al mismo tiempo, dio vuelta al aviso que tenía la palabra: CERRADO, para indicar a través del vidrio de la puerta la palabra: ABIERTO; se sentó en la silla que estaba al otro lado del mostrador, y le dijo a la joven:

—Joska, puedes traer aquella silla, y sentarte aquí cerca del mostrador —la joven así lo hizo.

—Joska, mañana puedes llegar media hora más tarde, hasta que finalice la temporada de invierno —dijo nuevamente el Sr. Horváth.

—Joska asintió con la cabeza afirmando que había comprendido—.

Había un silencio en el ambiente que no era habitual. Ante esto el Sr. Horváth decidió iniciar la conversación:

—¿Recuerdas los comentarios del Sr. Oláh?

—¡Claro que lo recuerdo, Sr. Horváth! No puedo negar que me agradó su interpretación sobre aquella pintura.

—Si Joska, esa fue una excelente interpretación, tan buena que al final me hizo reflexionar.

—¿Y eso por qué Sr. Horváth?

—Joska, al principio, yo no comprendía lo que el Sr. Oláh quería explicar y me dejé llevar por argumentos racionales, ideas preconcebidas, y lo que reina en el ámbito visible; luego, pude pensar en lo que dije anoche: ¡a veces las cosas, no son como suelen verse a simple vista! Entonces pude ver que las palabras del Sr. Oláh, no son otra cosa que la expresión de un *¡Ideal Libertario!* Él puede ver cosas en el interior de la sociedad que muchas personas son incapaces de observar.

—Pero: ¿hay algo de malo en eso?

—No, Joska, por el contrario, los ideales de libertad son la clave para que los hombres y mujeres, puedan cambiar el mundo. Las personas muchas veces actúan conducidas por la voluntad de terceros; tal vez, por miedo a ser castigados, o recibir un cuestionamiento moral, y los ideales de libertad; ¡rompen con todo eso! Por esa razón, siento que la conversación de ayer nos ha enseñado cosas muy importantes.

La joven le dio la razón al Sr. Horváth y le contó que ella, había sentido lo mismo, y deseaba que se repitiera la oportunidad de conversar nuevamente con el Sr. Oláh. Entre conversaciones sobre los ideales y asuntos tan complejos; que por lo general, son poco atractivos para una jovencita de su edad, se fue pasando toda la mañana; sin embargo, Joska, en ningún momento se sintió cansada de hablar sobre tales temas.

Esa cualidad, hacía de Joska; ¡una chica muy especial! Físicamente, era una jovencita de 15 años, pero su forma de pensar era muy avanzada en relación con su corta edad; no obstante, también era muy inocente y pura en sus sentimientos. Una joven noble, inteligente, y con mucha voluntad; sin duda alguna, un ser humano excepcional al que cualquier persona podría confundir con un ángel.

Durante esa mañana nadie visitó la tienda. El tiempo siguió pasando, hasta que llegó la hora del almuerzo, y el Sr. Horváth le dijo a la jovencita:

—Joska, sé que no has tenido tiempo para ocuparte de cocinar y traer tu comida, Marely me dijo que te diera esto.

¡Era la comida del día!

—Por favor, Sr. Horváth, yo no quiero ser una carga para ustedes —dijo Joska, y se mostró muy apenada.

—Joska, mientras tú estés en la tienda, no deberás preocuparte; considéralo como una parte de tu pago por ayudarme; yo me encargare de traer tu comida todos los días, y cuando comiences de nuevo a estudiar, fijaremos un horario para que puedas ir a tus clases —comentó el Sr. Horváth, tal y como si estuviera planificando con detalles un futuro inexistente, sin contar con las posibles sorpresas de un destino que aún era inesperado.

La joven entendió que el señor y señora Horváth, se estaban convirtiendo en sus protectores. Además de una relación laboral poco formal, comenzaban a surgir grandes sentimientos. Ella era considerada como una parte de la familia Horváth, y todo eso, le hacía sentir muy bien.

Ese día después de almorzar, abrieron nuevamente la tienda y durante las horas de la tarde, el Sr. Horváth y Joska, tuvieron muy poco tiempo para conversar. Muchas personas visitaron la tienda, debido a que la temperatura en las horas de la tarde había subido algunos grados y la celebración de la navidad, cada día estaba más cerca. Había personas que compraban antigüedades para dar un toque clásico a la decoración de sus casas. Otras compraban objetos antiguos para realizar algunos obsequios, en fin, las ventas comenzaron a subir en el pequeño negocio.

La tarde finalizó, y tanto el Sr. Horváth, como la joven Joska, regresaron a sus casas. Las horas pasaron y el tiempo transcurrió, hasta reiniciar el ciclo con el sonido del despertador en la recámara de la joven. Un día más en su vida y nuevamente Joska se encontraba camino a la tienda de antigüedades; llegó, y el Sr. Horváth ya se encontraba allí.

Durante esa mañana, el Sr. Horváth y la joven conversaban agradablemente sobre temas espirituales, como la reencarnación, el alma del hombre y su destino después de la muerte; cuando de pronto, una mujer que había entrado a la tienda se acercó y comentó:

—¡Vaya! Parece un tema relativamente fácil, hablar del alma humana después de la muerte; ¡increíble!

—¿Ud. cree que eso es imposible señora? —dijo Joska.

—Bueno, realmente: ¡nadie lo sabe! Es una posición difícil, porque no existe una evidencia que pueda afirmar lo que dicen; pero tampoco existe una que lo pueda negar; sin embargo, en mi profesión, he aprendido a dudar; para mí, las cosas que no se pueden probar simplemente no existen; ¡al menos hasta que puedan ser probadas! Es posible que algún día pueda probarse, pero a mí en particular, me resulta muy difícil creer.

—Le entiendo señora, mi nombre es Joska.

—Es un placer, mi nombre es Madai Kemény.

—¿A qué se dedica Sra. Kemény?

—Soy psicóloga, tal vez por eso, tengo una interpretación muy diferente sobre el tema del cual hablaban; pero entiendo las diferentes creencias y la filosofía, aun cuando yo, siento más afinidad hacia los hechos demostrables.

—Pero: ¿algún día se podría demostrar que existe otra vida después de la muerte? Qué tal si alguien: ¿Pudiera recordar su anterior existencia? ¿No sería un testimonio válido para afirmar que eso es posible?

—Tal vez, si eso sucediera, no serviría de nada.

—¿Por qué?

—Un testimonio así, no tendría mucha credibilidad, y no habría forma de saber si esa persona dice la verdad. Aun cuando no se pudiera demostrar alguna enfermedad mental, sería algo muy subjetivo. Las personas muchas veces no son sinceras, y no habría forma de saber si eso es realmente cierto.

—Lo entiendo.

No obstante, la joven Joska no se sintió bien al pensar que su inocencia le había hecho quedar mal, en esa conversación. Ella si podía creerlo, y no solo por el hecho de tener fe; en el fondo de su corazón, había un extraño sentimiento muy difícil de explicar, que le permitía comprender las cosas más allá de lo visible.

Muchos dicen que la inocencia es una cualidad que todos tenemos cuando estamos niños. El hombre nace siendo inocente y crece desvaneciendo su inocencia, para enfermar el mundo con la desconfianza; sin embargo, Joska estaba creciendo y su inocencia, le acompañaba en ese proceso.

Esto, no era nada malo; ¡podía sentir! La mayoría de las personas solo confiaban en la razón, y en todas aquellas cosas que dominan el ámbito visible, como las pruebas que definen la existencia de algo; mientras Joska, desarrollaba una cualidad más asertiva; ¡la intuición! Así que olvidó rápidamente cualquier sentimiento de pena, y dijo:

—¿Busca algo especial entre tantas antigüedades Sra. Kemény?

—En realidad sí, estoy decorando mi nueva oficina y necesitaba algunas cosas para dar unos retoques clásicos.

—Le mostrare las antigüedades, Sra. Kemény.

La joven seguidamente recorrió junto a la Sra. Kemény los pequeños pasillos del local, como si fuera la dueña de esa tienda. Se dirigió a varios puntos muy específicos de las estanterías, y le mostro varios objetos, entre ellos: un portalápiz, un reloj antiguo, y otras cosas que juntas formarían una excelente combinación. La psicóloga quedó muy agradecida, y le dijo a Joska:

—Tienes mucho futuro, deberías ser decoradora y sabes tratar muy bien a los clientes.

—Gracias Sra. Kemény.

El Sr. Horváth, observó todo aquello que estaba ocurriendo. Él sabía que Joska no tenía el suficiente tiempo en la tienda de antigüedades, como para conocer la ubicación tan precisa de aquellas cosas.

Esperó que la Sra. Kemény se retirara de la tienda, y preguntó a la joven:

—¡Joska! ¿Cómo sabias que esas cosas estaban ubicadas en esos lugares?

—Realmente no lo sé Sr. Horváth; solo traté de ayudar a la Sra. Kemény, me dejé llevar y sentí que esos objetos, serían los indicados; yo no lo pensé Sr. Horváth, solo sentí y me dejé llevar.

—Gracias Joska.

El Sr. Horváth comprendió que la jovencita, confiaba en su intuición y era muy interesante; él estaba acostumbrado a recibir ciertas respuestas inexplicables de su esposa Marely; sabía que la intuición podía conducir a realizar acciones favorables, pero Joska demostraba que tenía en su interior, cualidades espirituales sorprendentes, así que le dijo:

—¡Joska!

—¿Qué desea saber Sr. Horváth?

—Quiero hablarte de lo que pasó hace un rato; sobre eso, que pudiste sentir.

—Pero Sr. Horváth, es totalmente normal, a mí me sucede siempre.

—Sí, por eso quiero hablarte de ello; ese sentimiento se llama: ¡Intuición!, y no es algo malo; por el contrario, cuando necesitas una respuesta, tu corazón te habla en secreto y eso es sorprendente. Tal vez, no te has dado cuenta, pero esa es una gran cualidad espiritual. Me gustaría que conversaras con Marely sobre el tema; ella te puede orientar, y así podrías desarrollar esa facultad al máximo.

—Gracias Sr. Horváth.

—De nada Joska, si quieres vamos a mi casa al salir de la tienda, y te quedas con nosotros esta noche; así podemos compartir un rato agradable, ¿te gusta la idea?

—Excelente Sr. Horváth ¡Gracias!

—¡Perfecto! Llamare a Marely para avisarle.

Seguidamente, el Sr. Horváth tomó el teléfono de la tienda y llamó a su esposa, para informarle que Joska, cenaría con ellos esa noche. La Sra. Horváth recibió la noticia con mucho agrado; pues, sentía una gran empatía hacia la jovencita, y no podía ocultar su alegría.

Tanto la joven como Marely, deseaban que la tarde llegase a su fin, para tener la oportunidad de reunirse nuevamente, compartir y conversar sobre todas aquellas cosas, que prometían unirlos cada día más como una verdadera familia.

V

L as horas en la tienda de antigüedades, pasaron entre las ventas del día y conversaciones, que hacían más agradable la espera.

El reloj marcó las 5:00 PM y el Sr. Horváth avisó a Joska que era hora de cerrar; él, abrió la puerta, la chica salió, y ambos comenzaron a caminar hacia la parada de autobuses.

Llegaron y mientras esperaban el bus, apareció una mujer joven de aproximadamente 25 años, hermosa, radiante, blanca, alta y de una figura muy esbelta, ojos color marrón almendrado, cabello negro brillante y fino rostro. Estaba muy bien vestida y su maquillaje nada modesto, le hacía ver como toda una modelo.

De pronto, esa mujer le preguntó al Sr. Horváth:

—Señor, si es tan amable, ¿me podría decir que hora es?

—Por supuesto, son las 5:12 PM.

—Muchas Gracias.

El tiempo pasaba y el bus estaba tardando un poco más de lo habitual, así que Joska y el Sr. Horváth iniciaron la conversación. Durante ese tiempo, llegó a la parada de autobuses otro sujeto, era un hombre que aparentaba tener un poco más de 35 años, aspecto fuerte, vestía un traje gris oscuro, corbata azul a rayas, zapatos de piel y un portafolio de cuero negro. El sujeto llegó y saludó a la señorita con un beso en la mejilla y le comentó que se había retrasado por algunos asuntos de trabajo. Aquella mujer radiante y bella, volteó su rostro con un ligero gesto de indiferencia y dijo:

—Attila, ¡estoy cansada de esto!

—Pero Suri, amor déjame explicarte.

—No quiero una explicación, soy una mujer joven, bella, y tú al parecer, aun no has aprendido a valorar eso.

—Entiende Suri, soy un hombre de negocios.

—¿Sí? ¡Puedo verlo! El gran Attila Farkas, eres un empleado de buen sueldo, pero esclavo de tu trabajo, y yo una mujer que todos los días se cansa de esperar a su novio; pero estoy cansada y no quiero seguir así.

El Sr. Horváth y la joven Joska, ya se comenzaban a incomodar con la discusión que había iniciado aquella pareja; por momentos volteaban las miradas, conversaban y hablaban de otros temas, para no identificarse con el conflicto; pero la mujer y aquel sujeto seguían discutiendo con gran fanatismo hasta que se escucharon las últimas dos frases:

—Está bien Suri Kertész ¡terminamos!

—Está bien, si lo deseas ¡vete!

La mujer comenzó a llorar y la situación era cada vez más incómoda para el Sr. Horváth y la joven; sin embargo, el bus apareció como por arte de magia y se detuvo en la parada.

El Sr. Horváth y Joska lo abordaron, se sentaron en los primeros asientos que pudieron ver, y pensaron casi al mismo tiempo: ¡al fin! Esto fue una situación realmente molesta. Bastaría con decir, que tanto el Sr. Horváth como Joska, al verse las caras podían sonreír como si en ese preciso instante; ambos supieran que estaban pensando lo mismo. Rápidamente llegaron a su destino, bajaron del bus y caminaron a la casa.

Abrieron la puerta y entraron. Marely estaba muy ansiosa de recibirlos y no dudó en abrazar a su esposo y también a la joven Joska. Les indicó que fueran al comedor. Así lo hicieron y se sentaron. Después de eso, la Sra. Horváth fue a la cocina y trajo una bandeja con galletas y tres tazas de chocolate. Comenzaron a tomar la dulce bebida, a calentar el cuerpo y probar algunas galletas antes de cenar.

La Sra. Horváth preguntó a la joven como les había ido en la tienda y en el camino a casa. Joska expresó que todo marchaba bien, y evitó hacer cualquier comentario; no obstante, el Sr. Horváth, dijo:

—Amor todo ha salido bien; en la tienda se han incrementado las ventas y gracias a Dios, y a la vida, tengo una gran amiga para conversar.

—¿Y eso? ¡Dios! Ya imagino a Zsiga hablando de mil historias, lo conozco bien; Joska, debes estar harta de sus cuentos.

—No Sra. Horváth, como voy a estar cansada, con tantos temas interesantes es difícil aburrirse.

—Marely ¡Amor! Si vieras, hemos conversado mucho; hasta los clientes han sido parte de las grandes historias, pero a esta jovencita, eso le ha gustado; deberías ver como se expresa y la invité hoy, para que podamos hablar del tema.

—¿Que sucede? ¿No te comprendo Zsiga? —dijo Marely, al mismo momento en que dejó salir una sonrisa.

—¡Verás amor! Te contaré: a Joska le interesa mucho el tema de la espiritualidad. Hemos conversado sobre todas aquellas enseñanzas que recibimos en nuestro viaje al Tíbet, sobre la reencarnación, y muchas otras cosas; incluso hoy, esta jovencita me sorprendió con su gran intuición y creo que ustedes deben hablar de eso.

—¡Qué bien! ¿No me habías comentado nada sobre ese tema Joska?

—Bueno señora Horváth, es que por un instante sentí algo de pena —dijo Joska, al momento en que su rostro se sonrojaba.

—No sientas pena, sabes que Zsiga y yo, te consideramos una gran amiga; ya casi te sentimos como una parte de esta familia a pesar del poco tiempo que hemos tenido para conocernos, y no me digas más Sra. Horváth, puedes decirme Marely.

—Está bien, Sra. Horváth, digo, Sra. Marely.

La conversación se fue tornando cada vez más agradable, en la medida que Marely, comenzaba a intercambiar palabras con la joven Joska. Si bien era cierto que el Sr. Horváth y la jovencita, habían conversado mucho en la tienda; para Marely, Joska era una chica con la cual solo había hablado un par de veces; pero, aun así, en su corazón podía sentir que esa joven estaba muy unida a su familia.

La joven Joska y Marely no dejaban de hablar, se pasaron casi una hora conversando; hasta que Marely se acordó que aún no habían cenado, y fue a buscar la bandeja con la cena. Llegó, y después de compartir los alimentos, caminaron a la sala y se sentaron para seguir conversando. Los tres intervenían en la conversación e intercambiaban ideas, con total agrado y en ese instante, se podía sentir una gran alegría en el ambiente.

El Sr. Horváth se dio cuenta que habían hablado mucho, ya casi era medianoche. Así que todos se levantaron de los muebles de la sala con algo de prisa, y la Sra. Horváth, le dijo a la joven:

—Ya vengo Joska. ¡Iré por una manta! Ya sabes dónde queda la habitación de huéspedes, puedes subir.

—Yo me despido Joska, ¡hasta mañana! Marely amor, te espero en la recámara, después que le lleves la manta a esta jovencita tan especial.

—Hasta mañana —dijo Joska y se despidió—, para subir a la misma recámara en donde durmió, cuando visitó por primera vez la casa del Sr. Horváth.

La noche pasó con total normalidad y la joven pudo dormir plenamente.

En la mañana sonó el despertador, ella se levantó de la cama, se arregló para bajar y dar los buenos días al señor y señora Horváth. Al momento que llegó al comedor, pudo ver a la Sra. Horváth en la cocina de la casa como era de esperarse, fue hasta allá, y le dijo:

—¡Buenos días Sra. Marely!

—¡Buenos días Joska! ¿Cómo te sientes?

—Estoy bien Sra. Marely, y me siento muy agradecida por todo lo que usted y el Sr. Horváth, han hecho por mí.

—Tranquila no tienes que preocuparte, nosotros hemos disfrutado todo esto y nos da mucho placer saber que estás bien; por cierto, Joska hay algo más que me encantaría saber de ti.

—¿Qué es eso que le gustaría saber Sra. Marely?

—Zsiga dijo ayer que le había sorprendido tu intuición y te interesan mucho los temas espirituales, ¿es cierto?

—Sí, es cierto Sra. Horváth; perdón, quise decir Sra. Marely.

—Sabes Joska, mi madre tenía muchas facultades ocultas; ella fue una gran psíquica; podía predecir muchos acontecimientos y eso era verdaderamente sorprendente; no obstante, yo no quise seguir sus pasos, aun cuando mi sentido de la intuición se ha desarrollado mucho.

A lo largo de mi vida, pude descubrir en la meditación, un camino muy lindo que conduce a la liberación del espíritu, y eso me ha permitido conectarme con mi propia paz interior.

—¡Eso me parece genial! Pero yo no sé cómo meditar; ¿usted me podría enseñar? Y algo más: ¿en qué tiempo puedo hacerlo? Casi siempre estoy en la tienda de antigüedades, y no quiero fallarle a su esposo el Sr. Horváth.

—Tranquila Joska, yo hablare con mi esposo y sé que él, no tendrá ningún problema en darte las tardes libres; sobre todo durante la temporada de invierno. Además, recuerda que el trato era ir a la tienda, solamente en los momentos que no estuvieras en clases. Nosotros te ayudaremos para que puedas seguir con tus estudios y la meditación será parte de tu educación.

—Gracias Sra. Marely, no sé qué hubiera sido de mi vida sin ustedes.

—No tienes que pensar en eso Joska, aunque en el fondo de tu corazón, sabes que nos conociste porque así tenía que ser; yo sé que no crees en la casualidad, y estás consciente de seguir este camino tan maravilloso.

—Sí, lo sé.

—Te contaré algo Joska: sabías que hay prácticas tan importantes, que podrían ayudarte a descubrir por ti misma, ¿cuáles son los karmas de tus vidas pasadas?

—No lo sabía; ¿en serio? A mí me encantaría poder

aprender todo eso, aunque tal vez me daría un poco de miedo.

—Es lo más natural del mundo Joska, el miedo siempre está dentro de nosotros, pero lo que puede hacer diferente a cualquier hombre o mujer, es la fortaleza y la capacidad para vencerlo.

—Es muy cierto Sra. Marely, no sabe las ganas que tengo de comenzar mis clases de meditación con usted.

—Yo deseo lo mismo Joska, desde que te vi por primera vez, pude ver en ti grandes cualidades, le diré a Zsiga, que a partir de hoy, te deje salir más temprano de la tienda, a eso de las 3:00 PM, y tu vendrás para tus primeras clases. Haremos un poco de yoga, algunas prácticas de meditación, después te puedes ir a tu casa y descansar, ¿te parece bien?

—Sí, me encantaría.

El Sr. Horváth entró después de palear la nieve acumulada al frente de la casa, saludó a Joska y besó a su esposa; preguntó si ya estaba listo el desayuno y seguidamente Marely le contó en presencia de la joven, que la dejara salir de la tienda a las 3:00 PM y explicó sus planes.

El Sr. Horváth expresó que, de su parte, no habría ningún problema; fueron al comedor y Marely, les llevó el desayuno.

Después de comer, la Sra. Horváth le entregó tanto a su esposo como a la chica, sus respectivos almuerzos, y se despidió. Ellos se marcharon y llegaron a la tienda casi a las 9:00 AM.

El Sr. Horváth abrió el local y se sentó como siempre detrás del mostrador, la joven Joska, buscó una silla y tomó asiento cerca del Sr. Horváth, comenzaron a conversar como de costumbre y una hora más tarde, entró una pareja a la tienda.

Era la misma mujer que habían visto la noche anterior discutiendo con su novio; sin embargo, estaba acompañada de otro caballero; él, era un hombre de aproximadamente, unos 38 años, cabello negro, piel blanca, bigote, ojos negros, alto, algo fuerte, tenía una apariencia extraña; en su rostro parecía estar presente el odio y muchos otros sentimientos negativos; hablaba húngaro, pero difícilmente podría ocultar su acento alemán.

En ese instante, el Sr. Horváth y la joven Joska dejaron de conversar, simplemente hicieron silencio, y evitaron cualquier comentario o mirada que pudiera evidenciar alguna indiscreción.

Al fin y al cabo, a ellos solo les importaba su negocio, y no perderían el tiempo en ocuparse de problemas ajenos; no obstante, el aspecto del misterioso hombre que acompañaba a la mujer ese día, si les preocupaba un poco.

De pronto el Sr. Horváth, le habló al caballero:

—Disculpe, soy el Sr. Horváth dueño de la tienda, ¿les puedo ayudar en algo?

—Sr. Horváth, mi nombre es Ludolf Richter, y realmente, no lo sé, pero me gustaría mirar; tal vez compre algunos adornos.

La señorita Suri Kertész, trataba de evadir las miradas del Sr. Horváth y de la joven Joska, parecía que se encontraba un poco apenada; pero recuperó rápidamente la naturalidad; el Sr. Ludolf Richter la abrazó, la besó, y le dijo:

—Suri, preciosa no creo que esta tienda sea la indicada; yo estoy dispuesto a llenar tu vida de lujos; ¿por qué venir a una pequeña tienda de antigüedades? ¡Esto es incómodo!

—Mi vida, tranquilo, hay algunas cosas lindas aquí, por ejemplo: aquellos candelabros de bronce que están justo allí; se verían hermosos en la sala del departamento que rentaste para mí.

El Sr. Ludolf, al ver los candelabros se enfureció repentinamente, y le gritó a su elegante acompañante:

—¡No te atrevas a decir esa basura! No volveremos nunca a esta tienda: ¿no ves que son judíos?

Suri no supo que decir, se encontraba muy apenada, y el Sr. Horváth de pronto le dijo al prepotente sujeto:

—Señor, usted está ofendiendo mi tienda, le exijo que se retire inmediatamente.

—Claro que me iré y no volveré nunca ¡judío despreciable!

—No soy judío señor, pero creo en la libertad y la igualdad que existe entre los seres humanos; no le permitiré insultos, ni conductas xenofóbicas en mi tienda; por favor, retírese o llamaré a la policía.

El prepotente sujeto salió muy molesto de la tienda, y sacó a Suri, tomándola fuertemente de su brazo, mientras la chica dejaba salir algunas lágrimas como producto de la pena y la impotencia que sentía en ese momento. El Sr. Horváth, se quedó mirando al sujeto y le dijo a Joska:

—Siento mucho que pasara todo esto.

—No es su culpa Sr. Horváth.

—¡Joska! Ese hombre puede ser peligroso, si vuelves a verlo, no te le acerques; alcancé a ver en su anillo, y en él, tenía grabada una esvástica nazi, su apellido es de origen alemán, y parece tener mucho poder. Además, su actitud fue muy agresiva y cargada de resentimientos.

—Lo sé, Sr. Horváth, realmente estaba muy asustada.

La joven y el Sr. Horváth comenzaron a tranquilizarse y relajarse, para olvidar el conflicto que acababa de ocurrir en la tienda. Después de eso, Joska comenzó a contarle al Sr. Horváth, los detalles de su conversación con Marely, y él, le dijo:

—Joska, realmente me agrada mucho la idea, sé que Marely te enseñará muchas cosas importantes y te ayudará a que puedas aclarar todas tus dudas.

—Es cierto Sr. Horváth —respondió la joven aun inquieta por los acontecimientos que habían ocurrido en la tienda.

El Sr. Horváth pudo notar que la chica, había quedado afectada por el inconveniente entre el Sr. Ludolf Richter y la linda Suri; no obstante, ya había pasado y no se podía hacer nada, siguieron conversando sobre diferentes temas y al pasar algunos minutos, llegaron nuevos clientes a la tienda. El Sr. Horváth y Joska, les preguntaban, si podían ayudarles y les ofrecían cosas muy similares a las que buscaban.

Esa mañana, no estuvo nada mal después de todo; un buen número de personas hicieron compras, otras solo vieron los objetos, pero, en fin, gracias a todo eso, el ánimo en ese lugar, ¡cambió!; la joven y el Sr. Horváth, recuperaron la calma, y ahora se encontraban más tranquilos.

Las horas de la mañana terminaron, y justo al mediodía, cerraron un momento la tienda. Joska y el Sr. Horváth, sacaron su almuerzo, oraron, bendijeron sus alimentos, tal como se acostumbraba en la casa del Sr. Horváth, y almorzaron. Después de comer, abrieron nuevamente la tienda y al cabo de algunos minutos, comenzaron de nuevo a llegar más clientes. La joven y el Sr. Horváth, casi no podían atender tantas demandas de las personas que buscaban obsequios para regalar a sus amigos el día de navidad, y para la decoración de sus casas.

El Sr. Horváth se encontraba sorprendido. En ningún otro año la pequeña tienda había vendido tantas cosas, y menos en una temporada tan fuerte como el invierno.

Era bueno, pero a la vez, resultaba extraño. El Sr. Horváth había comenzado a pensar que Joska, tenía la capacidad de trasmitir su energía interna, y eso, era lo que había atraído la prosperidad.

De pronto y sin dudar, se lo comentó a la joven. Ella se sonrojó y se sintió un poco apenada, pero le gustó mucho saber que su presencia en el pequeño negocio era asociada a un hecho tan positivo. Las horas fueron pasando, ya casi eran las 3:00 PM y el Sr. Horváth, dijo:

—¡Joska! Ya casi son las 3:00 PM, recuerda tu cita con Marely.

—Sí, ¿ya me puedo ir Sr. Horváth?

—Por supuesto Joska, claro que puedes ir; ve ahora mismo y disfruta de tus clases, yo llegaré a casa en un par de horas.

—Gracias Sr. Horváth, nos veremos.

—¡Adiós Joska!

La joven salió de la tienda y caminó rápidamente hasta llegar a la parada de autobuses, precisamente al momento en que ella estaba llegando, el bus se encontraba a punto de salir y pudo abordarlo; ¡el destino parecía estar a su favor! El recorrido de siete cuadras duró muy poco y justamente a las 3:00 PM, había llegado a la casa de la familia Horváth. Tocó la puerta y Marely abrió rápidamente y le indicó que pasara. Joska entró a la sala de la casa.

En ese momento, Marely le pidió que se sentara, al mismo tiempo; ella también tomó asiento al lado de la joven, y dijo:

—Joska, te explicaré lo que haremos, presta mucha atención: sé que vienes algo estresada y debes relajarte un poco; así que descansarás sentada por algunos minutos, realizaremos algunas respiraciones profundas, inhalando por la nariz y exhalando lentamente por la boca. Después de eso, subiremos a la sala de meditación; recuerda que debes caminar lentamente para que puedas conservar el estado de relajación.

—Está bien Sra. Horváth.

La joven comenzó a respirar profundamente y relajarse durante un tiempo aproximado de cinco minutos, hasta que la Sra. Horváth, le indicó que la siguiera, despacio y en silencio. Joska se levantó muy calmada, subió la escalera y en la planta superior, había cinco puertas; una de ellas, pertenecía a la habitación de huéspedes; la segunda, era la recámara del señor y señora Horváth; la tercera, era la habitación de la hija del Sr. Horváth, la cual se encontraba ordenada y limpia como si aún estuviera habitada por la pequeña; la puerta del cuarto de baño; y por último, la entrada de la sala de meditación.

La Sra. Horváth abrió la puerta; se quitaron el calzado y entraron a la sala de meditación; era un lugar no muy grande de aproximadamente tres metros de ancho, por cuatro metros de largo, idéntico a las demás habitaciones de la casa.

En ese lugar, no había camas, ni armarios, ni muebles; era una habitación totalmente vacía, el suelo, era acolchado, tenía una alfombra de tela gruesa y muy suave, en las paredes pintadas de blanco, había hermosas figuras grabadas en relieve y algunos mándalas; una estatuilla de Buda de casi un metro de alto adornaba la pared frontal y al centro del recinto, se encontraban dos cojines en el suelo.

La Sra. Horváth le indicó a Joska que debía sentarse en uno de los cojines, y seguidamente, ella se sentó en el cojín que se encontraba ubicado al lado de la joven. Ambas quedaron con la vista al frente de la estatuilla de Buda. La Sra. Horváth, se colocó en *Posición de Loto*; con las palmas de sus manos hacia arriba, y la espalda totalmente recta. Joska trató de colocarse en la misma posición, pero le resultaba difícil, sentía un poco de dolor en los ligamentos de sus piernas.

Le estaba costando demasiado, pero no se dejó vencer; lo intentó, hasta que finalmente: ¡lo logró! Marely le enseñó a la joven algunos *asānas*; —Posiciones para meditar—, y algunos *mundras*; —Posturas de las manos para la meditación—; además, de varias técnicas de respiración.

La joven estaba encantada de recibir estos conocimientos, se identificaba mucho con esa cultura y sentía que todo eso, era una razón más para vivir.

¡Había encontrado el camino que le conduciría a su propio paraíso!

Pasó aproximadamente una hora y media, y la clase había culminado para la chica. La Sra. Horváth, le indicó que podía abrir lentamente los ojos y regresar de la meditación. Salieron de la sala, se colocaron el calzado nuevamente y bajaron hasta el comedor.

Marely preparó un té, le ofreció una tasa a Joska, y mientras disfrutaban el momento; hablaron sobre la meditación, la doctrina budista, y sobre algunos nombres que para la jovencita resultaban extraños, tales como: los *Chacras;* —Centros energéticos del ser humano—, y otras palabras en *Sánscrito;* —Lengua clásica de la India—. En fin, fue mucho lo que pudo aprender la chica en un solo día.

El Sr. Horváth llegó aproximadamente a las 5:30 PM, entró a la casa, se acercó hasta el comedor donde se encontraba su esposa en compañía de Joska, besó a Marely, y saludó a la jovencita.

Después de cruzar algunas palabras sobre la clase de meditación, Joska le agradeció a Marely y al Sr. Horváth por haberles brindado esa oportunidad, y se despidió totalmente convencida que ese día había marcado su vida para siempre; posteriormente, se marchó con la inquietud de seguir descubriendo todas aquellas cosas, que estaban a punto de llegar a su destino de forma inesperada.

VI

L a joven llegó a su casa, descansó un poco y comenzó a leer el libro que el Sr. Horváth le había regalado. Las horas pasaron y después de preparar algo para la cena, se alimentó y se fue a dormir. Recibió el día con el sonido del despertador como siempre, y se arregló para ir a la tienda. Tomó el desayuno, una taza de chocolate caliente y se marchó.

Al llegar al trabajo, el Sr. Horváth le abrió la puerta y le indicó que pasara, seguidamente se sentó como de costumbre detrás del mostrador.

El Sr. Horváth tenía en sus manos la prensa del día y la estaba leyendo; no obstante, la joven accidentalmente vio en la parte inferior de las últimas páginas, una noticia que captó toda su atención, y le dijo al Sr. Horváth:

—Sr. Horváth ¡por favor! ¿Me permite ver la prensa?

—Sí Joska, está bien; pero: ¿Qué sucede?

—¡Mire Sr. Horváth! —dijo Joska con gran asombro.

El Sr. Horváth miró el artículo que señaló la joven, y vio el título de una lamentable noticia que decía: "*En misterioso atentado, pierde la vida abogado de la prestigiosa empresa: CLYL A.N.S & ASOCIADOS*". Para mayor sorpresa, el abogado que había fallecido era el mismo hombre que hace un par de días, Joska y el Sr. Horváth, habían visto discutir con Suri Kertész; así que comenzaron a leer detalladamente el artículo de prensa:

"Uno de los abogados de la empresa: CLYL A.N.S & ASOCIADOS, identificado como: Attila Farkas, sufrió un lamentable atentado, cuando un sujeto desconocido le disparó varias veces desde un vehículo, tipo: sedán de color negro, sin matrícula, el día de ayer a las 8:15 PM; a cuatro cuadras del edificio donde funciona la empresa: CLYL A.N.S & ASOCIADOS; el móvil del hecho aún se desconoce; sin embargo, las autoridades manejan como posible hipótesis la venganza".

Este acontecimiento, resultó muy extraño y preocupante para el Sr. Horváth, debido a que él, aún tenía muchas dudas y desconfiaba del Sr. Ludolf Richter. Evitó realizar cualquier comentario delante de la joven; sin embargo, en su mente, solo había una idea lógica, pensó que tal vez podría ser un crimen pasional. Si bien, no había pruebas del hecho, al menos algo era evidente: Attila Farkas, fue novio de Suri Kertész, antes que ella se relacionara con el prepotente Ludolf Richter, quien era una persona violenta, intolerante y con mucho poder.

A pesar del beneficio de la duda, todo parecía apuntar hacia el Sr. Ludolf Richter; no obstante, para el Sr. Horváth, la preocupación era otra. Ese sujeto, había evidenciado en su presencia, y frente a la joven Joska, sus posibles vínculos con el nazismo, y su odio exacerbado hacia las personas de origen judío.

Después de la II Guerra Mundial, en Hungría al igual que en toda Europa del Este. La doctrina nazi, ha representado la destrucción y la muerte, el infierno en la tierra, y el mayor ejemplo de intolerancia que alguna vez, se ha visto.

El Sr. Horváth, tenía algo de miedo, llegó a pensar que algún día, Ludolf Richter podría hacerle algo malo a Joska, pero repentinamente, ¡pensó! No creo que pase nada. Tal vez, me estoy mortificando innecesariamente; entre nosotros y el Sr. Ludolf, el problema no fue tan relevante y de seguro él, ¡lo olvidó! La joven, pudo sentir la preocupación del Sr. Horváth, manifestada en su repentino silencio, y preguntó:

—¿Está bien Sr. Horváth?

—Sí Joska, no ha sucedido nada; solo pensé en la muerte de ese abogado.

—Entiendo Sr. Horváth.

—Bueno Joska, no te preocupes, todo estará bien.

Era realmente difícil para el Sr. Horváth, olvidar todo lo que había sucedido y dejar de pensar que Ludolf Richter, podría representar un peligro para Joska.

Esa extraña idea, no quería salir de su cabeza. Muchas veces la razón, nos hace creer y ver cosas donde no las hay; sin embargo, en otras oportunidades, creer, puede ser la salvación, pero ¿cómo saberlo? La respuesta solo puede encontrarse en la intuición, y realmente, esta no era una de las cualidades del Sr. Horváth.

Repentinamente la joven Joska preguntó por segunda vez:

—Sr. Horváth, ¿está usted bien?

—Si Joska, puedes estar tranquila; solo quiero que me prometas algo: si por alguna extraña razón, llegaras a ver nuevamente al sujeto que vino a la tienda con Suri, el hombre del problema; bien sea cerca de tu casa u otro lugar, y sospechas que te puede estar siguiendo, ¡me lo dirás inmediatamente!

—Está bien Sr. Horváth, ¿usted piensa que él pudo tener algo que ver con el crimen del Sr. Attila?

—¡No lo sé! Pero su conducta intolerante y su repentina relación con esa chica, me hacen sospechar.

—Le entiendo Sr. Horváth, pero no creo que tengamos que preocuparnos.

—Joska, tienes un gran sentido de la intuición y creo que debes confiar en él. Así que, si sientes algo extraño alguna vez, sabes que debes hacer caso a tu corazón.

—Siempre lo haré Sr. Horváth.

En ese preciso instante el Sr. Horváth y Joska recibieron una gran sorpresa, el Sr. Ferenc Oláh, estaba de nuevo en la tienda de antigüedades.

La joven pudo verlo cuando entró y lo saludó, desde el lugar donde se encontraba sentada. El Sr. Oláh caminó hasta el mostrador, saludó con mucho carisma a la jovencita, estrechó la mano del Sr. Horváth con gran entusiasmo, y seguidamente expresó:

—¡Mis queridos amigos! Ya los comenzaba a extrañar.

—Igualmente le extrañamos mucho Sr. Oláh —dijo Joska.

—Es una grata sorpresa Sr. Oláh —expresó el Sr. Horváth.

—El placer es mío Sr. Horváth y señorita Joska.

—Estimado amigo cuénteme que le trae a nuestra tienda, busca algo en particular o ¿desea acompañarnos un rato y conversar? —dijo el Sr. Horváth.

—¡Amigos míos! Creo que al igual que la primera vez, es una combinación de ambas.

—¡Qué bien! Y cuéntenos como le ha ido Sr. Oláh.

—Excelente Sr. Horváth; definitivamente, ¡excelente!

—Gracias a Dios Sr. Oláh —dijo la joven, y comentó algo sobre la noticia de la prensa.

—¡Por favor! Me puede mostrar la prensa, un gran amigo mío trabaja en esa prestigiosa firma de abogados.

—Si por supuesto Sr. Oláh, aquí está —dijo el Sr. Horváth—. Y le entregó la prensa, indicando la página donde se encontraba el artículo.

—¡Dios! Es verdaderamente lamentable.

—¿Usted lo conocía Sr. Oláh? —dijo Joska.

—Sí, Attila Farkas era un gran amigo, un abogado de mucho carácter, pero con un amplio sentido de la justicia; él era fuerte en los negocios, trabajaba con eficacia y mucha perseverancia.

—La prensa dice que pudo ser una venganza, tal vez alguien que llevó a la cárcel, o algo así.

—No Sr. Horváth, él no era abogado penalista, su especialidad era el derecho mercantil, los negocios, y el trato directo con grandes empresas; a pesar de tener éxito en esa firma de abogados, era nuevo en el trabajo; él estaba ahorrando dinero para comprar un departamento y casarse con su novia, pero alguien le ha segado la vida. ¡Eso es realmente injusto!

—Señor Ferenc Oláh: ¿usted conoce a Ludolf Richter? —preguntó el Sr. Horváth, con algo de discreción.

—¡Lamentablemente! Sí, lo conozco.

—¿Y eso por qué? Señor Oláh, acaso: ¿es una mala persona? —preguntó Joska.

—Ya verán, les contaré: el Sr. Ludolf Richter, y su hermano el Sr. Friedrich, son los principales accionistas de la prestigiosa firma jurídica internacional CLYL A.N.S & ASOCIADOS; ambos tienen mucho poder, pero el accionista mayoritario, siempre ha sido el Sr. Friedrich Richter, después le sigue Ludolf que es su hermano menor y principal rival.

—¿Ludolf Richter es enemigo de su propio hermano? —preguntó Joska.

—¡Así es! Pero les seguiré contando: cuando sus padres murieron, ambos heredaron la misma cantidad de acciones en la empresa; sin embargo, Ludolf de manera fraudulenta, se apoderó de un porcentaje de las acciones, y en respuesta a eso, el Sr. Friedrich, realizó una alianza con varios accionistas que le vendieron sus acciones y así, pasó a ser el socio mayoritario.

Desde ese momento, Ludolf Richter, ha odiado a su hermano a muerte. Ellos no son buenas personas, tanto Friedrich como Ludolf, son hijos de un empresario alemán, que se había ido a la ruina después de la I Guerra Mundial y con el ascenso de Adolf Hitler al poder. Se apoderó de muchas empresas de judíos; ¡obtuvo grandes riquezas que nunca le pertenecieron! Cuando finalizó la II Guerra Mundial, vendió todos sus negocios y se residenció en Hungría.

Vivió de una forma muy oculta, para evitar ser perseguido después de la guerra, pero alcanzó a registrar la empresa: CLYL A.N.S & ASOCIADOS, y al morir la dejó en manos de sus dos hijos. Ahora ellos, continúan el imperio económico que su padre construyó de una forma deshonesta, y sobre la desgracia de otros.

—Esa historia es abominable Sr. Oláh.

—¡Tiene razón! Es una historia verdaderamente abominable Sr. Horváth. Así es el mundo, un lugar con una historia que suele tener rostros amigables; y también caras muy oscuras, pero solo la libertad y la moral, puede hacernos permanecer del lado correcto de la historia; sin embargo, Ludolf y Friedrich han decidido vivir en el extremo oscuro.

—Eso es terrible estimado Sr. Oláh, pero su comentario es muy cierto —dijo el Sr. Horváth.

—Con relación a estos hermanos que han malgastado sus vidas enfrentados, solo se puede decir que Ludolf es más extremista y violento que Friedrich, aun cuando ambos son igual de malos.

—Verdaderamente nos sorprende Sr. Oláh.

—Pero hablemos de otras cosas Sr. Horváth, por ejemplo: de sus antigüedades y objetos de la tienda, ¿tienen algo interesante que mostrarme?; me gustaría seguir decorando mi casa —dijo el Sr. Oláh, dejando expresar su alegría.

—Por supuesto Sr. Oláh.

—Joska, sorpréndenos con tu buen gusto y muéstrale al Sr. Oláh, algunas cosas de la tienda.

—Encantada Sr. Horváth.

La joven Joska comenzó a buscar algo que le pudiera agradar al Sr. Oláh. Ella sabía que él, era un excelente crítico de arte, una persona amante de los principios libertarios, la justicia, y gustos muy refinados; sin embargo, no era una tarea fácil, pensó en mostrarle los candelabros de siete velas que se encontraban al fondo del pasillo; pero, se preguntó a si misma: ¿y si no es judío?, ¿tal vez se moleste?, ¡mejor no! Miró hacia el otro extremo, y pudo ver solo algunos objetos sin ningún simbolismo trascendente. Frente a ella se encontraba una estatuilla de Buda, y dijo internamente: ¿Será que al Sr. Oláh le gusta la cultura oriental? Bueno, no creo que habrá nada malo en eso, tomó la estatuilla, era algo pesada debido a que estaba esculpida en piedra; no obstante, la llevó y mostró al Sr. Oláh. El sorprendido amigo corrió hasta la joven, le quitó rápidamente la escultura de sus manos, y dijo:

—Joska como vas a traer algo tan pesado tú sola, me hubieses pedido ayuda.

—No se preocupe, me tomé el atrevimiento de escoger esa escultura, porque recordé que le apasionan los ideales de libertad, y la meditación para mí, se ha convertido últimamente en una expresión de libertad; espero que a usted le guste la cultura oriental Sr. Oláh.

—Claro que me gusta mucho Joska, yo nunca he tenido nada en contra de las diferentes culturas; por mi parte, creo que no hay una variedad de personas, con diferentes religiones; solo hay religiones diferentes con personas iguales.

—No comprendo Sr. Oláh.

—Verás Joska: muchas personas piensan que la religión, es algo que les diferencia de los demás seres humanos; pero eso, ¡simplemente no es cierto! En el mundo han ocurrido muertes perversas, crueles persecuciones y hechos de discriminación a causa de las diferencias religiosas, pero en realidad, no ha sido por culpa de la religión, sino por la intolerancia de cada hombre. Los seres humanos insisten en reconocerse entre sí, como personas diferentes, con diversas creencias, y no se detienen a pensar en la existencia de las religiones, como culturas diferentes, que están conformadas por seres humanos iguales y con los mismos derechos. ¡Joska! No hay personas diferentes por tener otra religión; solo hay otras religiones con personas iguales a ti.

—Ahora comprendo Sr. Oláh, de verdad es sorprendente.

—Ciertamente Sr. Oláh, su visión es muy alentadora, no se podría esperar menos de usted, y de esos ideales de libertad que siempre expresa en cada palabra.

—No es nada Sr. Horváth, la libertad es lo único que nos aleja de la maldad que se hace presente, en el lado oscuro de este mundo; que a pesar de todo, es maravilloso.

—Tiene razón Sr. Oláh, la libertad nos aleja de la maldad. Aunque a veces esa maldad intenta consumir nuestras libertades como personas.

—Tal vez tenga razón Sr. Horváth. La maldad del mundo y el autoritarismo en ocasiones trata de consumir nuestras libertades, y algunas veces lo logra: ¡allí está el peligro! Por eso, el hombre debe promover la libertad siempre y en todo momento; no importa si lo hace a escondidas o libremente, pero mientras se mantenga esa idea de libertad, y se pueda escuchar un grito en rechazo al autoritarismo, se mantendrá viva la esperanza que tarde o temprano derribará cualquier barrera, como quien destroza un inmenso muro para seguir su camino sin mirar atrás.

—Gracias Sr. Oláh, usted definitivamente siempre nos enseña algo nuevo con su espíritu libertario e idealista. —dijo Joska.

—Para mí es muy grato, y recuerden: solo intento hacer lo poco que me corresponde por la libertad, simplemente expresar mis ideas con convicción; y ¿cuánto les debo por esta excelente escultura?

—Son 700 Forint —dijo el Sr. Horváth.

—¡Perfecto! Se ve que es una pieza única, esculpida en piedra, muy preciosa. Este es el retoque que le faltaba a mi casa, para convertirla en un museo —dijo el Sr. Oláh, al momento en que comenzó a sonreír y contar el dinero para realizar el pago de su compra.

Después de la conversación el Sr. Oláh se despidió del Sr. Horváth, y también de Joska. La joven y el Sr. Horváth, cerraron la tienda tan pronto se retiró el Sr. Oláh, y almorzaron.

Al cabo de una hora, estaban abriendo nuevamente la tienda y como siempre sucedía, después de retirarse el Sr. Oláh, un gran número de personas visitaron la tienda y realizaron importantes compras. Ante esta realidad, Joska comentó al Sr. Horváth:

—¡Vaya! si nos ha traído suerte el Sr. Oláh.

—Joska, no es cuestión de suerte, te explicaré: la suerte en realidad no existe, solo es un nombre que las personas le dan a los acontecimientos favorables, cuando estos ocurren supuestamente por casualidad, pero la casualidad y el azar no son reales, todo tiene su momento, espacio y lugar. El Sr. Oláh y todas aquellas personas que expresan ideas positivas, alegres y senti-mientos nobles, liberan su energía, y esto suele atraer el éxito.

—¡Eso es excelente!

—Claro Joska, el Sr. Oláh vive para incentivar en las personas la libertad, el respeto y la buena convivencia. Por ello, atrae lo semejante, y nosotros al aceptar sus ideas, construimos un círculo de buenos deseos que nos otorga el privilegio de recibir la prosperidad.

—Gracias por enseñarme tantas cosas Sr. Horváth.

El tiempo durante esa tarde transcurrió rápida-mente, eran las 3:22 PM. Tanto la joven como el Sr. Horváth habían olvidado el acuerdo con Marely; pero de pronto, sonó el teléfono de la tienda y el Sr. Horváth atendió la llamada.

¡Era Marely!

—Cielo, ¿qué sucede?

—¡Vaya! Así habrán conversado tanto, que ni Joska vino a su clase de meditación.

—Amor de verdad lo siento; le diré que salga inmediatamente para la casa, ¡perdóname por olvidarlo!

—Está bien, ¡la esperaré!

El Sr. Horváth colgó el teléfono y le recordó a la joven que había pasado la hora de su clase de meditación. También le dijo que su esposa Marely aun la estaba esperando. La inocente chica se sintió muy apenada. Durante la conversación con el Sr. Oláh, hablaron de las religiones, del interés por el budismo y al final, no recordó su compromiso con la espiritualidad.

No obstante, era tarde y no había tiempo para seguir preguntándose a sí misma, detalles que pudieran evidenciar un posible gesto de irresponsabilidad.

La joven Joska, comprendía que los errores del pasado, no se solucionaban recordándolos, sino trabajando en el presente, para evitar repetirlos en el futuro.

Así, que de forma inmediata salió de la tienda de antigüedades con destino a la casa del Sr. Horváth.

Esa tarde a diferencia de la anterior, el destino parecía conspirar en su contra. El bus no llegaba, el tiempo avanzaba y el clima empeoraba. La chica llegó a pensar que por alguna razón divina, ¡no debería ir! Pero no quería defraudar a la Sra. Marely; aun en la parada de autobuses, Joska se impacientó, estaba algo nerviosa, pero de pronto el bus apareció y se detuvo. Lo abordó y al fin se encontraba camino a la casa del Sr. Horváth, esto parecía ser después de todo algo positivo, un poco tarde, pero llegaría a su clase.

Un fuerte golpe se escuchó de pronto, y todos los pasajeros que iban de pie en el interior del bus, entre ellos Joska, fueron a tener al suelo. La jovencita se lastimó la rodilla derecha y sus manos quedaron adoloridas. El bus solo transitó una cuadra, y lamentablemente, había chocado con un automóvil que se encontraba al frente.

—¡Por Dios! No puede ser —se preguntó internamente Joska con algo de Ira.

Definitivamente, todo parecía como si el destino no quisiera ver llegar a la jovencita a la casa de la familia Horváth, pero sin importar cuales fueran los acontecimientos, Joska bajó del bus y comenzó a caminar sin mirar atrás. Esto no resultaría nada fácil, el frio en las calles, la nieve, el dolor en su rodilla derecha, tenía algunos rasguños en las palmas de sus manos, y debido a ello, no podía caminar rápidamente. Aun cuando la chica aparentemente no sufrió ninguna lesión relevante en el pequeño accidente, no podía evitar cojear al caminar y eso implicaría tardar más en llegar a la casa de la familia Horváth. Lentamente y poco a poco la joven caminó a duras penas un par de cuadras, y de nuevo el destino colocó un obstáculo en su camino: ¡comenzó a nevar!

—¡Dios! No puede ser —exclamó Joska, otra vez.

A Joska le faltaba recorrer, un poco más de la mitad del camino y no podía hacerlo rápidamente. El clima era fuerte, estaba nevando y si quería llegar a la casa del Sr. Horváth, necesitaría avanzar aproximadamente tres cuadras, y por un segundo tuvo la idea de regresar; no obstante, tendría que caminar la misma distancia, y eso le impulsó a seguir.

No era lógico abandonar una meta, cuando el costo que tendría que pagar por desistir; era el mismo que debería saldar para continuar.

A veces, hay momentos en los cuales los seres humanos se encuentran en una encrucijada, y descubren que la distancia existente entre las metas y el fracaso: ¡es la misma!, y también suelen sentirse derrotados; pero todo en la vida, es cuestión de elección: luchar hasta el final, rendirse y fracasar, o peor aún, dejarse morir sin hacer nada.

Regresar era inútil, y quedarse allí era imposible. En consecuencia, seguir adelante era necesario; así que continúo caminando sin detenerse y sumando todo su esfuerzo, tanto en lo físico como en lo espiritual, con el firme propósito de llegar a su destino.

La joven Joska, seguiría caminando; no solo hasta llegar a la casa de Marely, sino hasta su propia gloria personal. No sabía si al llegar, podría meditar o simplemente recuperarse de todo lo que sucedió; tampoco podía comprender si esa situación era mala o buena; sin embargo, tenía muy claro que lo más importante era luchar incansablemente tan solo por llegar.

VII

La joven Joska casi no podía caminar, pero su gran fuerza de voluntad le impulsó a seguir; no obstante, el tiempo transcurría, ya eran las 5:00 PM y el Sr. Horváth, había cerrado la tienda.

Pasó aproximadamente media hora y el Sr. Horváth, llegó a su casa; al entrar, su esposa Marely, le reclamó por el hecho de haberle dicho que Joska vendría a casa esa tarde; y desesperadamente el Sr. Horváth, preguntó:

—¿No Llegó? Algo tuvo que haber pasado.

—¿Qué dijiste Zsiga? ¿Acaso Joska salió de la tienda? —expresó Marely muy asustada.

—Si amor, salió a eso de las 3:20 PM, han pasado más de dos horas y el clima es terrible; ¡la buscaré!

—¡Dios mío! Que no haya pasado nada malo, ¡por favor!

De pronto:

¡Tocaron a la puerta!

El Sr. Horváth abrió rápidamente y se encontró frente a Joska.

—¿Que te ha pasado Joska? —preguntó el Sr. Horváth muy preocupado.

¡Marely a punto de llorar, corrió y la abrazó!

La joven se quejó un poco del dolor en su rodilla y entró a la casa.

—¡Por Dios! Joska que te sucedió.

La jovencita casi no podía hablar, debido al tiempo que había estado expuesta al frio; sin embargo, sacó fuerzas para hacerlo y dijo:

—Estoy bien Sra. Marely, solo me caí, me lastimé un poco las manos y las rodillas.

—Ven Joska siéntate en el sofá —dijo el Sr. Horváth.

Marely buscó rápidamente una gruesa manta y la colocó sobre la chica. Le trajeron un poco de chocolate caliente, para que pudiera calentarse poco a poco y recuperar el ánimo.

Pasaron algunos minutos y durante ese tiempo, la jovencita recibió las atenciones del Sr. Horváth y Marely, hasta que se encontró más relajada y tranquila; entonces, el Sr. Horváth preguntó:

—¿Cómo pasó todo esto Joska?

—Todo comenzó en la parada de autobuses, pasé mucho tiempo allí, y el bus no llegaba. Después de eso, apareció y lo abordé, pero al recorrer más o menos una cuadra, chocó con un automóvil, y los pasajeros que estábamos de pie, fuimos a tener al suelo; no me lastimé mucho, solo fueron algunos rasguños y un pequeño golpe en la rodilla derecha; así que no me di por vencida y seguí caminando, pero: ¡comenzó a nevar!, y con ese frio la situación se puso realmente difícil. Cuando pensé en regresar, ya me encontraba a medio camino de aquí.

—Lo siento mucho Joska, en serio, esta vez nos preocupamos bastante.

—Lo siento mucho Sr. Horváth.

—No tienes por qué preocuparte, pero tampoco tienes que arriesgar tanto por nada. Jovencita, cuando bajaste del bus después del accidente, has debido regresar a la tienda; yo pude avisarle a Marely, y llevarte al médico.

—¿Al médico? Pero yo me siento bien, solo fueron algunos rasguños y me lastimé un poco. Seguro mañana estaré mejor.

—Joska tranquila, mañana veremos, yo también creo que lo mejor, es que un médico revise tu rodilla, aunque sea solamente para descartar alguna lesión mayor. Por ahora, descansa en la sala, cuando esté lista la cena, te avisaré, comeremos y te quedarás esta noche con nosotros.

—Gracias Sra. Marely, y gracias a usted también Sr. Horváth.

—Tranquila Joska solo descansa —dijo el Sr. Horváth.

La joven Joska se quedó recostada en el sofá de la sala, mientras Marely fue a la cocina a preparar la cena. El Sr. Horváth encendió la tele, comenzó a cambiar de canal, y le preguntó a la chica si deseaba ver algo en especial; para la joven cualquier cosa era igual, ella casi nunca solía ver televisión. Así que el Sr. Horváth colocó un programa de entretenimiento local.

Durante la espera, el Sr. Horváth y la jovencita conversaron. Era evidente que a la chica le apasionaba mucho más, el hecho de hablar de temas espirituales y filosofía, que cualquier programa de televisión.

La joven Joska comentó al Sr. Horváth, que estaba a punto de culminar la lectura del libro que le había regalado; ante esto, el Sr. Horváth se mostró sorprendido y preguntó:

—¿Pudiste leer ese libro en un tiempo tan corto?

—¿Por qué le sorprende Sr. Horváth? ¡No es un libro muy largo!

—Si Joska, no es un texto muy amplio, pero tiene un sentido muy profundo y considero que se debe leer con detenimiento. Además, recuerda lo que siempre te he dicho; las cosas no siempre son como se ven a simple vista, hay elementos, que para comprenderlos; hace falta descubrir cosas que están mucho más allá de lo visible.

—Entiendo Sr. Horváth.

—Jovencita, hay veces que releer un texto nos ayuda a comprender mejor su significado; ¡a mí me sucedió! Una vez comencé a leer un libro y no le hallé el más mínimo sentido, pero uno de mis amigos, me dijo: "¿cuántas veces lo leíste Zsiga? Yo le respondí, solo una; sin embargo, ¡no comprendo!, ¿por qué lo voy a leer de nuevo?, si ya sé lo que dice; pero el insistente amigo me contestó: sabes lo que dice el libro, puedes conocer cada palabra, pero cada vez que lo leas nuevamente; hallarás el significado que el escritor expresó en cada sentimiento". Después de eso, volví a leer el texto y me gustó, lo he leído cuatro veces, y siempre ha sido como interpretar un libro diferente. En realidad, lo importante al momento de leer un libro, no es conocer textualmente lo que dice, sino comprender internamente, lo que el escritor intentó expresar con el alma.

—Suena muy interesante Sr. Horváth.

En ese momento, Marely llamó a su esposo y le pidió que le ayudara a colocar la mesa para la cena. La jovencita intentó levantarse con la intención de ayudarle a la Sra. Horváth; pero ellos, ¡no lo permitieron!, se encargaron de preparar las cosas y cuando finalmente todo estuvo listo, el Sr. Horváth le ayudó a Joska a levantarse y caminar hasta el comedor.

Después de bendecir como siempre los alimentos y expresar las costumbres típicas de la familia, cenaron y se sentaron nuevamente en la sala de la casa. Acompañaron a Joska y conversaron con ella. Todo eso, era muy agradable para la joven; podía sentir la preocupación y el cariño que tanto Marely como el Sr. Horváth, estaban mostrando hacia ella.

La noche fue pasando agradablemente, a pesar de las cosas que habían acontecido en el día, y eso solo indicaba que en este mundo: ¡no todo es realmente como se puede ver desde la mirada del hombre! Cuando Joska salió esa tarde de la tienda, necesitaba llegar a la clase de meditación, y el bus, no pasaba.

Después, tuvo un accidente, siguió su camino y comenzó a nevar; necesitó elegir entre rendirse y morir de frio, o seguir adelante a como hubiera lugar; llegó a su destino sufriendo y afrontando grandes dificultades, las cuales en algún momento consideró como hechos negativos, y llegó a creer que su destino estaba marcado por los acontecimientos externos; sin embargo, no se resignó, luchó y superó lo que en realidad, solo habría sido una de las tantas pruebas de la vida.

El tiempo había pasado, y las conversaciones entre el señor y señora Horváth, se fueron agotando. El antiguo reloj de péndulo que estaba en la sala de la casa marcó las 10:30 PM.

El Sr. Horváth se despidió; Marely, ayudó a la jovencita a subir la escalera y la acompañó hasta la habitación de huéspedes, le dio una manta y se despidió de ella. Finalmente, el sueño y el cansancio vencieron a Joska.

Al amanecer, la chica despertó y Marely tocó la puerta de la habitación, para avisarle que ese día, la llevarían a ver al doctor. La joven se arregló y salió de la recámara, su rodilla, se encontraba un poco más inflamada que el día anterior. El Sr. Horváth le ayudó a bajar poco a poco la escalera, mientras Joska arrugaba su cara con algunos gestos de dolor. Todos se encontraban algo preocupados, aun que sabían que lo más probable, es que no fuera nada grave.

Después del esfuerzo que hicieron para ayudar a la joven a bajar la escalera, desayunaron, y el Sr. Horváth tomó el teléfono y llamó para pedir un taxi; esperaron un rato, hasta que de pronto sonó la bocina del vehículo; salieron de la casa acompañando a la jovencita que a duras penas podía caminar y le ayudaron a subir al automóvil.

La mañana era muy tranquila, no había mucho tránsito de vehículos en las calles, y se podía ver a los niños jugando con la nieve en los jardines.

Joska observó en una de las casas, a tres niños que hacían un gran muñeco de nieve, y le colocaban una bufanda muy graciosa; los niños estaban en compañía de sus padres y ella no pudo evitar sonreír por un segundo; pero al recordar su propia infancia, una triste y dolorosa lágrima salió de uno de sus ojos y comenzó a correr a lo largo de su rostro.

El Sr. Horváth preguntó a la joven que le sucedía, pero la chica, no quiso dar ningún detalle; no obstante, Marely, si comprendió la situación con mucha claridad, y sin dudarlo abrazó a la inocente jovencita, y susurró en su oído:

—¡Tranquila Joska!, tranquila, todo va a estar bien, nos tienes a nosotros y nunca te vamos a dejar sola. ¡Lo juro en la memoria de mi hija! Todo estará bien.

En ese momento, Joska limpió esa lágrima y sintió algo muy especial.

¡La jovencita estaba realmente conmovida!

Sabía que Marely hace aproximadamente 8 años había perdido a su hija y a pesar de haberlo superado, tenía un respeto inimaginable, hacia la memoria de su difunta pequeña. Tal era ese respeto, que todavía limpiaba y ordenaba su recámara a diario, como si la chiquilla aun estuviera viva. Joska sabía que Marely sería incapaz de jurar algo, en memoria de su hija si realmente no estuviera convencida de ello.

Esas palabras en realidad significaban algo muy concreto para Marely. Estaba sintiendo que Joska era la persona indicada por el destino, para llenar el vacío que había dejado la muerte de su pequeña hija. Aun cuando las circunstancias, le impedían revelar ese sentimiento por el simple temor de equivocarse o propiciar el rechazo del Sr. Horváth hacia la chica.

El taxi llegó al principal hospital de Budapest, y todos bajaron cerca de la entrada de emergencias, e inmediatamente se acercó un enfermero con una silla de ruedas; la joven se sentó, y fue llevada al interior de la sala de emergencias médicas, para ser examinada por un doctor. El medico recibió a la chica rápidamente y le preguntó:

—¿Cómo te llamas jovencita?

—Joska.

—Bien Joska, cuéntame, ¿qué te pasó?

—Ayer en la tarde, cuando regresé a casa, el bus donde venía chocó y caí de rodillas. Al principio no me dolió, pero bajé, y comencé a caminar, con el frio me empezó a doler un poco, pero hoy casi no podía levantarme de la cama.

—Tiene la rodilla muy inflamada; le indicaré a la enfermera que le inyecte un desinflamatorio y ordenaré realizar una radiografía.

—Gracias doctor —dijo Marely.

—No tiene nada que agradecer señora, es mi trabajo y tranquila, su hija estará bien.

—No es nuestra hija, pero es como si lo fuera doctor —dijo el Sr. Horváth.

—¡Perdón! ¿Qué ha dicho? —dijo el médico, y llamó inmediatamente al personal de seguridad.

—¿Qué sucede doctor? —preguntó el encargado de seguridad.

—Esta jovencita es menor de edad, fue ingresada por un traumatismo en su pierna, y no cuenta con ningún familiar responsable de su tutela.

—Pero doctor, ¡yo no tengo familia! Mis padres murieron —dijo la joven.

—Doctor, eso es cierto sus padres están muertos y la única persona a cargo de su tutela falleció; usted tiene que atenderla —exclamó el Sr. Horváth.

—Sí, debo atenderla y lo haré, pero también tengo que reportar el caso y esto agravará la situación.

Después de eso, el medico ordenó a la enfermera que ingresara a la joven al consultorio de la sala de emergencias y se quedó junto al Sr. Horváth y su esposa con la intención de hablar con ellos. Repentinamente Marely preguntó:

—No le entiendo, ¡por favor explíquese doctor!

—Verán: no pueden hacerse cargo de la joven legalmente, si no existe ningún vínculo familiar o la decisión de un juez que determine la tutela. Ella será atendida; sin embargo, por el hecho de ser menor de edad, no podrá salir del hospital. El Estado es el único que puede decidir sobre la colocación familiar de la joven; tan pronto se recupere tengo que notificar a las autoridades, para que determinen su destino hasta que cumpla la mayoría de edad.

La Sra. Horváth, estaba recibiendo un segundo golpe del destino; hace tan solo algunos minutos, sentía que la joven había llegado a su vida para llenar el vacío que dejó la muerte de su pequeña 8 años atrás; pero ahora, también podría perder a Joska. ¡Marely se desmayó!, el Sr. Horváth la atajó en sus brazos, la colocó en una camilla que estaba allí, y le dijo al médico:

—No se quede allí parado, haga algo, ¡ayúdela!

—Señor, lo siento debe dejarme solo con la paciente, ¡retírese!

El Sr. Horváth salió y esperó en los asientos que estaban a la entrada de la sala de emergencias, mientras su esposa era atendida. Unos minutos después el encargado de seguridad del hospital le llamó, y dijo:

—¿Usted es el Sr. Zsiga Horváth?

—Sí, por favor como está mi esposa, y la joven, también necesito saber de ella.

—Su esposa está un poco preocupada, pero ya despertó; y la joven se encuentra bien. El doctor Bernát Jankovics, hablará con usted y luego puede pasar a verlas —dijo el encargado de seguridad del hospital.

—Gracias —contestó el Sr. Horváth.

El Sr. Horváth entró nuevamente a la sala de emergencias del hospital, e inmediatamente el médico le ordenó pasar al consultorio, y dijo:

—Sr. Horváth, tome asiento: soy el Dr. Bernát Jankovics, entiendo su molestia por lo sucedido y le comprendo; su esposa está bien, el desmayo fue solo una reacción emotiva, ya despertó y podrá hablar con ella.

En cuanto a la joven, ya tengo el resultado de la radiografía que se le realizó; tiene una fisura en la rótula, no es grave, ni tendrá consecuencias a futuro, debido a que la fisura es muy pequeña; sin embargo, le colocaremos una férula para inmovilizar la rodilla por dos semanas, le indicaremos un tratamiento antiinflamatorio y otro para el dolor.

Con relación al otro asunto, es algo más complejo, pero intentaré ayudarle; verá: no puedo ocultar el hecho, ni dejarla ir con ustedes, y menos, darle de alta estando sola. Tengo que elaborar un reporte, para que el Estado realice la colocación familiar temporal, hasta que ella cumpla la mayoría de edad. Lo único que podría hacer a fin de ayudarle a solucionar la situación, es dejarla hospitalizada durante su recuperación, y recomendarle un abogado que le orientará mejor en esta materia.

—Se lo agradezco y le comprendo Dr. Jankovics.

—Aquí está la tarjeta del abogado, él trabaja en el consorcio jurídico: CLYL A.N.S & ASOCIADOS, ellos son muy buenos en su trabajo. A partir de ahora, puede ver a la joven en los horarios de visita y agilizar los trámites que necesite.

El Sr. Horváth fue a ver a su esposa inmediatamente, para conversar con ella, sobre lo que le había expresado el Doctor Bernát Jankovics; Marely se encontraba llorando desmesuradamente, pero Zsiga comenzó a tranquilizarla y por un instante lo consiguió, después le dijo:

—Amor, el Dr. Jankovics, me comentó que nos ayudará parcialmente. Joska tiene una pequeña fisura en su rótula y solo requiere una férula, pero se quedará hospitalizada durante dos semanas. Después de eso, el Estado le asignará una familia sustituta, hasta que cumpla la mayoría de edad.

—Mi vida, ¡por favor! Prométeme que no dejaremos ir a esa joven; si tengo que pedirte algo en esta existencia; solo prométeme que no dejarás que se lleven a Joska —dijo Marely con los ojos llenos de lágrimas.

—Lo prometo y lo cumpliré —contestó el Sr. Horváth.

El camino estaba totalmente claro para la familia Horváth, tanto Marely como su esposo deseaban que Joska, llenara el vacío que había dejado su hija hace un poco menos de una década.

Además, sabían que alejar a esa chica de ellos, hasta que cumpliera la mayoría de edad, le ocasionaría una inmensa desilusión y eso acabaría destruyendo cada uno de sus sueños.

La situación, se había dado en el momento oportuno; dicen que nada pasa por casualidad, y el azar: ¡no existe! Ahora solo quedaba consultar con el abogado, e intentar a como diera lugar, que las autoridades consideraran a la familia Horváth como un hogar sustituto para la joven.

La decisión de hacerlo, ¡ya había sido tomada! Marely, finalmente, ¡sonrió! Y poco a poco comenzó a experimentar una sensación, que hace mucho tiempo había estado ausente en su vida; se comenzó a sentir nuevamente feliz.

Tan pronto Marely se pudo levantar de la camilla, ella y el Sr. Horváth fueron hasta la habitación que el Dr. Jankovics le había asignado a la joven. Aun cuando sabían que Joska no era una niña y conocían su fortaleza, no creían conveniente alarmarla con la noticia. Ellos moverían cielo y tierra para conseguir su tutela y tenían la esperanza de solucionar el problema durante su recuperación. Así que solo le comentaron que estaría dos semanas en el hospital y prometieron visitarla todos los días, pero a la chica no le agradó para nada la noticia, y dijo:

—¡Estaré dos semanas en esta cama! No puede ser.

—Tranquila Joska, trataremos de hacer las cosas más agradables, Zsiga y yo, traeremos lo que necesites.

—Gracias Sra. Marely.

—Tranquila jovencita, ya verás que todo saldrá bien —dijo el Sr. Horváth.

—Bueno jovencita solo nos tienes que decir lo que necesitas, Zsiga pasará por tu casa y lo buscará.

—Está bien Sra. Marely, sé que no tendrán ningún problema para encontrar mis cosas; me pueden traer solo algo de ropa, mi cepillo de dientes, y algo muy importante: en la mesa de noche junto al despertador, está el libro que me regaló el Sr. Horváth; por favor, lo necesitaré.

—Está bien Joska, no tienes que preocuparte, nos tenemos que ir, Zsiga buscará tus cosas y yo las traeré.

El Sr. Horváth y su esposa fueron juntos a la casa de Joska y empacaron todo para llevarlo al hospital. Estando en la recámara de la jovencita, Marely le dijo a su esposo:

—Zsiga, quiero que busques inmediatamente al abogado que te recomendó el Dr. Jankovics. Recuerda que debemos tratar de solucionar esto lo antes posible. Yo me encargaré de llevarle a Joska todo lo que ella pueda necesitar.

— Mi vida, así lo haré.

El Sr. Horváth se fue inmediatamente a buscar al abogado, aun cuando en el fondo de su corazón, sentía que no debía recurrir a la empresa CLYL A.N.S & ASOCIADOS. Tenía razones para no visitarlos. Él conocía la historia de sus negocios, sabía que sus dueños no eran buenas personas, y lo peor, que uno de ellos, había sido parte de un conflicto en su propia tienda.

No obstante, pensó que al menos en lo profesional, podrían atenderlo y no consideró relevante contarle esas cosas a Marely. No quería preocupar a su esposa innecesariamente. Además, personas tan importantes como los dueños de la empresa, no se encargarían personalmente de su caso.

Al llegar al centro de la ciudad, el Sr. Horváth tardó un poco más de media hora para encontrar el edificio donde funcionaba la firma jurídica: CLYL A.N.S & ASOCIADOS; una vez allí, entró y habló con la secretaria:

—Buenos días, mi nombre es Zsiga Horváth, una persona que conozco me recomendó al abogado Demian Herceg, ¿sería posible hablar con él?

—Sí, esperé un momento por favor, cuando salga el

cliente que está atendiendo ahora, le avisaré, y deberá subir al primer piso, oficina 17 —dijo la secretaria.

Los minutos empezaron a transcurrir, mientras el Sr. Horváth tomó una revista de la pequeña mesa de recibo, y se sentó en esa sala. Solo esperaba una respuesta positiva, deseaba que todo esto se pudiera resolver con un trámite muy sencillo. El tiempo para él, era una gran limitante, y eso le estaba haciendo parecer desesperado.

De pronto la secretaria le llamó:

—¿Sr. Zsiga Horváth?

—Sí, ¡Soy yo! ¿Puedo subir a la oficina del Dr. Demian?

—¡Por supuesto! Suba al primer piso, oficina 17.

—Gracias.

Seguidamente fue hasta la puerta del ascensor, presionó el botón y esperó. El elevador abrió sus puertas y el Sr. Horváth entró y le dijo al ascensorista: "primer piso"; el elevador se detuvo y Zsiga, bajó de él; preguntó a unas personas cual era la oficina 17 y le señalaron hacia el final del pasillo, la octava puerta; caminó hasta allá y tocó el timbre, la secretaria del despacho del Dr. Demian, abrió, y le dijo:

—Adelante, tome asiento, el Dr. Demian Herceg le atenderá en un momento.

—Gracias.

En ese instante salió a recibirlo, un hombre de estatura mediana, delgado, piel blanca, cabello negro con algunas canas, aparentaba más o menos unos 55 años, y su voz era un poco ronca; sin embargo, hablaba de forma muy tranquila y pausada. El sujeto extendió su mano y el Sr. Horváth la estrechó, en ese momento el hombre dijo:

—Soy el Dr. Demian Herceg.

—Mi nombre es Zsiga Horváth, es un honor Dr. Demian.

—Bien, Sr. Horváth, cuénteme con detalles su caso.

—Doctor, mi caso es el siguiente: el día 1 de diciembre, ayudé a una jovencita de 15 años, cuando su tía sufrió un infarto y murió; la chica quedó totalmente desamparada, debido a que sus padres habían fallecido cuando ella cumplió tan solo un año de edad; así que mi esposa y yo, decidimos ayudarla; prácticamente nos hemos encargado de ella y teníamos planes de apoyarla para que pudiera continuar su educación; ayer, la joven sufrió un accidente en el bus que la llevaría a casa, la acompañamos al principal hospital de la ciudad y el médico nos indicó, que la atenderían, pero al no tener un familiar que se responsabilizara. El Estado le asignaría una familia sustituta. La chica estará recluida en el hospital durante dos semanas y nosotros queremos realizar la solicitud, para encargarnos legalmente de ella; ¿usted nos podría ayudar?

—¡Por supuesto! Pero debo realizarle algunas preguntas.

—Puedo responder cualquier interrogante, ¿dígame que necesita saber?

—Cuénteme algunos detalles básicos de su vida familiar, tales como su trabajo, a que se dedican, tienen hijos, la condición de su vivienda es propia o rentada, ¿me puede describir su casa?, ¿cuenta con la capacidad para encargarse de su educación formal?

—En cuanto a mi situación familiar, vivo con mi esposa Marely, tuve una hija que hoy podría tener la edad de esa joven; pero ella falleció de neumonía hace 8 años y de allí en adelante, no tuvimos más hijos; mi condición económica es muy próspera gracias a Dios; soy dueño de una pequeña tienda de antigüedades, y a pesar de no ser rico, puedo vivir bien y acceder a ciertos lujos ocasionalmente. Mis ingresos permiten encargarme de la joven en todos los sentidos y costear su educación formal, si es lo que le preocupa. Vivimos en una casa propia que cuenta con varios espacios individualizados tales como sala, comedor, cocina, dos cuartos de baño, tres habitaciones amplias y una sala de meditación.

—Comprendo, y creo que a pesar de todo puede haber una solución favorable, le explicaré mejor: la tutela de la menor debe realizarla algún familiar; no obstante, por lo que usted me ha contado, ella no tiene ningún familiar que pueda reclamar la tutela, y en ese caso, el Estado simplemente designará una familia sustituta. Recientemente se me presentó un caso similar y pude evidenciar algo importante: el hecho de conseguir una familia sustituta en estos tiempos es difícil; según tengo conocimiento, hay un gran déficit de familias dispuestas a colaborar con estos fines. Si el expediente, está bien sustentado con buenos alegatos y ustedes están dispuestos a realizar el curso exigido de manera obligatoria por el Estado; es muy factible que les otorguen la tutela de la joven hasta su mayoría de edad.

—Doctor, usted creé que este problema, ¿pueda solucionarse en menos de dos semanas?

—¡Tal vez! Pudiera darse el caso, debido a que no se trata de un procedimiento de adopción que resulta más complejo; como le dije, en la actualidad el Estado carece de familias sustitutas y en este país no se cuenta con orfanatos; no obstante, será necesario iniciar los trámites para que el juzgado ordene las entrevistas que realizará el servicio social a usted y su esposa, las visitas a su hogar y les inscriban en el curso que les dictarán. Después de eso, el juez los citará y les preguntará tanto a ustedes como a la joven, si están de acuerdo, y de no haber ninguna objeción les designará como tutores legales de la menor.

—Entonces, necesito que inicie los trámites lo antes posible.

—¡Perfecto! Le indicaré a mi secretaria que le facilite el monto de mis honorarios profesionales, y le daré una lista de los documentos que deberá entregarme.

El Sr. Horváth recibió la lista de recaudos que tendría que consignar para iniciar la solicitud de la tutela de Joska, y canceló los honorarios profesionales del doctor.

De pronto, al momento de retirarse, llegó el Sr. Ludolf Richter y se quedó mirándolo fijamente a los ojos. El Sr. Horváth trató de evadir esa mirada cargada de odio y resentimiento, pero el prepotente sujeto, le preguntó:

—¿Qué hace usted aquí?

—Sr. Ludolf Richter, el Sr. Horváth es un cliente del Dr. Demian —dijo la secretaria.

—No le pregunté a usted, le pregunté a él: ¿por qué esta aquí? —volvió a decir Ludolf.

—El Dr. Demian Herceg se está encargando de mi caso.

—Dígame exactamente: ¿qué caso?

El Sr. Horváth no respondió la pregunta al Sr. Ludolf, y este llamó al Dr. Demian Herceg, con la intención de preguntarle sobre el caso del Sr. Horváth en presencia de todos. Zsiga entendió perfectamente que el prepotente Ludolf, solo deseaba humillarlo en público, y dijo:

—No caeré en su juego Sr. Ludolf, ¡me voy!

—Usted no va a ningún lado; señorita llame inmediatamente a seguridad, que no le dejen salir del edificio; Sr. Horváth, en su triste y mediocre negocio me amenaza con llamar a la policía y en mi empresa: ¿se niega a decirme lo que vino a hacer?, ¿quién se ha creído usted?

—La diferencia Sr. Ludolf, es que usted fue a mi negocio para ofender a las personas, y yo estoy aquí, tan solo por un trámite legal.

—Dr. Denian Herceg: ¿que vino a hacer el Sr. Horváth? Dígame o lo despediré hoy mismo.

—Vino a gestionar un caso relativo a la colocación familiar de una joven.

—¿Cómo se llama la joven?

—Joska Viktória Levenson.

—¿Ha dicho Levenson? —preguntó Ludolf, con gran ironía.

—Sí —dijo Demian.

—Sr. Horváth usted me había negado que fuera judío; ¿por qué quiere hacerse cargo de una jovencita judía?

—Eso no es su problema Sr. Ludolf, veo que he cometido un grave error; vine a buscar un abogado y conseguí una marioneta.

—El único lugar en donde deben colocar a esa escoria, hija de padres judíos, y portadora de un apellido judío; ¡es en el infierno! —gritó el prepotente Ludolf.

El Sr. Horváth no se pudo contener y sin pensar en las consecuencias, golpeó contundentemente con su puño, al Sr. Ludolf Richter en su rostro.

El Dr. Demian Herceg y su secretaria casi temblaban de miedo, pero el Sr. Horváth, ya estaba cansado de escuchar insolencias, humillaciones e insultos por parte de un sujeto despreciable, que solo parecía saber discriminar a las personas con su actitud xenofóbica. Simplemente, actuó sin pensar lo que pasaría de allí en adelante. Después de eso, respiró profundamente y mantuvo su mente en blanco, a fin de estar consciente para enfrentar cualquier respuesta inesperada; sin embargo, había muchas cosas inexplicables que aún estaban por suceder.

VIII

E l Sr. Ludolf Richter estalló de ira; gritó y amenazó al Sr. Horváth, pero en ningún momento respondió con agresiones físicas. El prepotente Ludolf solo peleaba en su terreno: juicios y negocios. Al ser un hombre tan poderoso, era de esperarse que aprovecharía el golpe que le había propinado el Sr. Horváth, para demandarlo y llevarlo a la cárcel.

En ese preciso instante un hombre de 42 años, piel blanca, cabello castaño, ojos negros, casi tan alto como el Sr. Horváth, con una mirada fuerte y penetrante, apareció y gritó:

—¿Alguien me puede explicar que rayos es lo que pasa aquí?

El Sr. Ludolf Richter dejó de gritar y entró en un profundo silencio, y el autoritario sujeto, lo miró fijamente. Después de eso, miró al Dr. Demian Herceg, y le exigió una explicación; sin embargo, el abogado no se atrevió a decir ni una palabra, así que el Sr. Horváth dijo:

—¡No importa! Sr. Ludolf Richter, si quiere puede demandarme; no tengo que soportar sus insultos y su falta de profesionalismo; la defensa del Dr. Demian, tampoco será necesaria; lo único que lamento es haber malgastado mi dinero en contratar a un abogado sin carácter.

—¿Es usted cliente del Dr. Demian? —dijo el sujeto.

—Ya no soy su cliente.

—Señor, reciba una disculpa de mi parte; por lo que veo, ese incompetente al que usted acaba de golpear, le ha provocado no sé con qué intensión, pero esta empresa; ¡está para solucionar conflictos, no provocarlos! Mi nombre es Friedrich Richter, soy el socio mayoritario de esta firma jurídica, y puedo garantizarle que nadie lo demandará; ordenaré que atiendan su caso con total diligencia.

—No sé qué decirle, Sr. Friedrich.

—Doctor Demian Herceg, le preguntaré algo: ¿quiere seguir trabajando para CLYL A.N.S & ASOCIADOS? —preguntó el Sr. Friedrich.

—¡Por supuesto! —respondió Demian.

—Entonces, ¡gane el caso del Sr. Horváth! Si no lo hace, simplemente lo despediré —dijo Friedrich, en presencia del Sr. Horváth.

—Nuevamente, disculpe si le hemos causado alguna molestia —expresó Friedrich al Sr. Horváth.

Después de poner orden, el Sr. Friedrich Richter, se retiró y la calma comenzó a reinar en el lugar; Ludolf Richter se fue sin decir nada, la secretaria se sentó, y el Dr. Demian Herceg se disculpó con el Sr. Horváth, y le pidió que no renunciara a sus servicios como abogado.

Le confesó que no quería perder el empleo y juró ganar el caso. El Sr. Horváth estaba sorprendido; hace cuestión de minutos un importante socio de la empresa se encontraba a punto de encerrarle en la cárcel, y ahora el accionista mayoritario coaccionaba al abogado, para que ganara su caso; sencillamente era algo muy difícil de creer; pero al Sr. Horváth, solo le importaba que el juez decidiera a su favor; así que aceptó y le dijo al abogado:

—Está bien Dr. Demian, le traeré los documentos mañana mismo.

—Lo estaré esperando.

El Sr. Horváth se marchó a su casa un poco más tranquilo; sin embargo, no podía dejar de pensar en todo lo que pasó; sabía que, en el fondo nada había estado bien, todo eso se pudo evitar si hubiera visitado a cualquier otro abogado; pero esa reflexión no conduciría a nada. Cuando se piensa en lo que se ha debido hacer, solo se pierde el tiempo; ¡si ya está hecho, no se puede deshacer!; el único sentido que puede tener la reflexión, es convertirla en una experiencia inolvidable, a fin de no volver a caer en el error.

El Sr. Horváth salió del edificio y tomó un taxi que le llevaría a su casa; estaba impaciente de saber cómo le había ido a Marely con la jovencita.

Al cabo de un rato el taxi había llegado a su destino; se detuvo, y después de pagarle al conductor, salió del automóvil e ingresó al interior de su morada; su esposa le estaba esperando muy ansiosa en la cocina y tan pronto entró, le dijo:

—¿Amor cómo te fue? ¿Todo está bien?

—¡Si cielo! Todo estará bien, aunque por un instante lo dudé y estuve a punto de ir a parar a la cárcel.

—¿A la cárcel? ¿Qué sucedió?

—Verás amor te contaré: hace algunos días, uno de los accionistas de esa firma de abogados visitó mi tienda acompañado de una mujer, que al parecer era su novia; todo estuvo bien hasta que la chica le mostró aquellos candelabros de bronce que le compramos al Rabino Abraham, ¿los recuerdas?

—Si amor, claro que los recuerdo.

—Bueno te seguiré contando: el sujeto se enfureció al verlos y comenzó a ofender la tienda; tuve que decirle que, si no se retiraba llamaría a la policía; días después, vimos una noticia en la prensa sobre un abogado que asesinaron en un misterioso atentado; ese abogado, era el antiguo novio de la chica que acompañaba ese día al sujeto; yo comencé a preocuparme y llegué a pensar que podría ser una persona peligrosa, debido a sus comentarios intolerantes; así que pedí referencias sobre él, a uno de mis amigos, y me contó que era accionista en esa empresa; también me comentó que está enfrentado con su propio hermano, quien es el accionista mayoritario; además, me enteré que esa empresa, la heredaron de su padre, un empresario alemán que se benefició de las expropiaciones ocurridas durante el régimen nazi.

—¿No entiendo?, ¿pasó algo grave?

—Sí, pero gracias a Dios, se solucionó.

—¿Qué sucedió?

—Llegué a la firma de abogados y después de esperar un poco me atendió el Dr. Demian Herceg; todo era excelente, pero al momento de retirarme, entró el sujeto del problema en la tienda; se quedó observándome fijamente y comenzó a exigirme que le explicara el motivo de mi presencia allí; no quise hacerlo, pero preguntó al abogado, y de hecho, le obligó a confesar el apellido de Joska; cuando obtuvo la información comenzó a cuestionarme por querer hacerme cargo de una joven hija de padres judíos; dijo que el único lugar donde deberían enviar a Joska, era el infierno, y sin pensar en las consecuencias terminé golpeándolo.

—¡Dios! eso es terrible.

—El sujeto amenazó con demandarme, pero de pronto llegó su hermano, quien es el accionista mayoritario, y extrañamente se puso de mi parte. Me sorprendió que actuara contra su propio hermano, y frente a todas las personas; garantizó que no habrá ninguna demanda en mi contra, y obligó al abogado a ganar nuestro caso, o lo despedirá.

—Sé que necesitamos la ayuda de un abogado, pero esas no son buenas personas, a simple vista se puede ver que son peligrosos.

—Tranquila amor, dejaré que continúen con el caso porque lo llevará un abogado como cualquier otro, y él, tan poco tiene la culpa de trabajar para personas así.

—Está bien amor; ¡solo espero que esto termine pronto!

Tanto Marely como el Sr. Horváth comenzaron a tranquilizarse y trataron de olvidar todas aquellas cosas tristes que tuvieron lugar durante el día. Si bien era cierto que estaban enfrentando algunas adversidades, también era notorio que estas, se solucionarían; Marely por su parte le contó a su esposo, que le había llevado a Joska sus utensilios personales, algo de ropa, y lo más importante, su libro.

El ambiente comenzaba a reflejar la tristeza debido a la ausencia de la joven en la vida de la familia Horváth. Mientras, en una habitación del principal hospital de Budapest, Joska se encontraba leyendo un libro para tratar de vencer la nostalgia y el desánimo que le producía esta separación temporal.

El rostro de la inocente chica cada cierto tiempo era recorrido por una lágrima, y su corazón se preguntaba: ¿por qué? No obstante, cada vez que eso sucedía, una voz interna le decía: ¡sabes que todo pasará!; y eso le hacía regresar a la realidad con mayor fortaleza.

Hay ocasiones en las cuales el ser humano, es testigo de sus propios conflictos internos, y termina escuchando aquellas disputas entre el Ego y su Conciencia. Lo que muchas veces el individuo desconoce, es que reencontrarse con su Ser; en algunas oportunidades puede ser un acontecimiento doloroso; sin embargo, en el corazón de Joska, había la fortaleza necesaria para enfrentarse a sus propios miedos y rein-ventar su destino desde la superación de las dificultades.

La cama de un hospital, la soledad de la noche y la ausencia de las personas que, ella había comenzado a cautivar con sus cualidades internas, no tenía porque derrotarla; aun cuando sabía que representaría un momento muy difícil.

La habitación donde se encontraba Joska, no era una recámara individual, y tendría que compartirla con cualquier otro interno del centro asistencial; ¡si fuera necesario! De hecho, aunque ella no había pensado en eso, su corazón en secreto; ¡lo deseaba! Las penas para el ser humano son un poco menos dolorosas cuando hay alguien para compartirlas, y más aún cuando ese acompañante, resulta ser un ángel que ha llegado a este mundo para enseñarnos algo.

El destino de Joska estaba marcado, y así mismo, ella terminaría marcando el destino de otras personas para bien o para mal, simplemente era cuestión de recu-rrencia.

El Karma es inevitable para los seres humanos que se niegan a despertar, y el destino, solo se puede construir si realmente comprendemos con el corazón, la verdadera razón y motivo de nuestra existencia; no obstante, nada pasa por casualidad, la vida estaba a punto de entregarle a la inocente chica, la enseñanza que cambiaría su historia más allá de su propia existencia.

Eran cerca de las 7:00 PM en aquel hospital, y la joven Joska se encontraba a punto de culminar la lectura de su pequeño libro; cuando de pronto, una enfermera entró a la habitación acompañada de un niño en silla de ruedas.

La enfermera lo cargó y lo acostó en la cama que estaba al lado de la chica; ¡el tiempo era perfecto! La joven Joska tendría un pequeño acompañante que al menos aliviaría el sentimiento de nostalgia durante los momentos de soledad.

El pequeño de tan solo 7 añitos tenía el rostro redondeado, piel blanca, ojos azules claros al igual que los de la joven Joska, su contextura era muy delgada, frágil, le faltaba una de sus piernas y había perdido todo su cabello; parecía algo tímido, pero su mirada quería decir muchas cosas. En ese momento, la enfermera miró a la joven y dijo:

—Jovencita, ya no estarás sola, este chico será tu compañero de cuarto durante tu recuperación, espero se conviertan en grandes amigos —luego, la enfermera mostró una sonrisa de agrado y se marchó—.

El niño observó con detenimiento los ojos de la joven como si deseara interpretar algo en su mirada, y en ese momento Joska lo miró con ternura y dijo:

—Hola soy Joska, y tú, ¿cómo te llamas?

—Angyal Tanítás.

—Tienes un nombre extraño; es lindo, pero no es muy común, ¿lo sabias?

—¿Por qué? —dijo el niño.

—No he conocido nunca alguien que se llame: "Ángel Enseñanza"; siento mucho lo de tu pierna, pero tranquilo estarás bien, ¿de dónde eres?

—Soy de muy lejos, pero regresaré pronto; solo estaré un par de días menos que tú.

—¿Y cómo sabes eso? Yo aún no he dicho cuanto tiempo estaré aquí.

—No lo sé, solo lo escuché.

—Seguro lo escuchaste del médico o la enfermera, y cuéntame, ¿cómo te sientes?

—¡Bien!

—Me alegro mucho, y me agrada que hallas llegado; ya estaba muy aburrida en esta habitación tan sola.

—Yo también te quería conocer —dijo Angyal.

—¿Y eso? Hablas de una forma extraña, ¿qué tienes?

—Esta vez: ¡cáncer! Pero tranquila no has preguntado nada malo, me siento bien; ¡tengo que estar aquí! —respondió el niño y se quedó dormido repentinamente.

La joven Joska se sorprendió por la respuesta que había dado ese niño, y se asustó, pero pensó en que todo tenía una explicación; tal vez, por el hecho de ser solo un niño, no sabía la complejidad de lo que significaba realmente decir que tenía cáncer; era muy posible que los médicos le hubieran enseñado a no preocuparse, y se dijo así misma: lo siento mucho por él, es realmente lamentable.

La noche fue pasando y Joska terminó de leer su libro, a eso de las 8:30 PM; así que apagó la luz y cerró sus ojos para tratar de dormir, era la primera noche que pasaría en ese hospital, y no le encontraba sentido a la situación; sabía que debía estar de reposo, pero igual podría haber sido en su casa; en realidad no comprendía el motivo de su estadía en ese lugar; pero el tiempo transcurrió y ella finalmente dejó de pensar y se quedó totalmente dormida.

Joska esa noche experimentó un extraño sueño, en él, se encontraba el niño que era su actual compañero de cuarto; no obstante, el chico tenía sus dos piernas y podía caminar perfectamente. Ella soñó que caminaba junto a él, hacia una gran puerta de madera tan alta como un edificio; a los extremos, una gran muralla impedía ver, lo que había después de la majestuosa entrada; aquel lugar era triste y solitario, y al observar en sentido contrario al gran muro, su vista se perdía entre la nada.

De pronto, ¡despertó! Miró hacia la cama que estaba a su lado, y el niño no estaba allí; la jovencita muy preocupada, encendió la luz, llamó a la enfermera y le preguntó:

—Enfermera disculpe: ¿el niño de esa cama se encuentra bien? Es que tuve un sueño muy extraño y me preocupé.

—Tranquila jovencita, no le ha pasado nada; solamente lo llevaron a realizarse unos exámenes, pero quiero decirte algo: ese niño está en una situación realmente crítica; después de amputar su pierna por un tumor, le diagnosticaron un cáncer muy avanzado; los médicos dicen que podría morir muy pronto; sé que aun eres muy joven y esto te puede causar mucha tristeza, pero es importante que lo sepas; quizás tú puedas alegrarle sus últimos días, y hacer que esas penas sean menos dolorosas.

—Lo sé, y así será.

Pasó aproximadamente media hora y la enfermera estaba de vuelta con el niño, en la silla de ruedas, lo volvió a subir a la cama, le colocó una inyección con el tratamiento y se despidió de él. Joska evitó hablar y siguió acostada con sus ojos cerrados, para que el pequeño pudiera descansar; sin embargo, unos minutos después que la enfermera se retiró de la habitación, el niño miró hacia la cama de la joven y preguntó:

—¡Oye! ¿Estás despierta?

La joven Joska no quería responderle, eran casi las dos de la madrugada y el pequeño necesitaba descansar por su propio bien; así que ignoró lo que dijo el chico y continuó fingiendo que se encontraba dormida. De pronto, el chico volvió a decir:

—¡Oye! ¿Estás despierta?

Joska en su interior decía: ¡Dios sí que es insistente este pequeño! Y no le respondió, ella sabía que ese chico realmente necesitaba dormir; pero el niño, a pesar de la intensión de la joven, no deseaba descansar, y dijo:

—¡Niña! Si no quieres hablar está bien; mañana, quiero que me leas el cuento que estabas leyendo.

Después de eso el niño se volvió a quedar profundamente dormido y Joska poco a poco logró alcanzar el sueño.

Al día siguiente en la mañana, la joven despertó, se sentó en la cama, tomó sus muletas y caminó con ayuda de ellas hasta el cuarto de baño, que estaba en la habitación, lavó sus dientes y su cara, regresó a la cama y se acostó nuevamente. En ese instante la enfermera le trajo el desayuno, tanto a ella como a su pequeño acompañante. La chica empezó a comer mientras la enfermera despertó al chico y le dio la comida.

El niño a pesar de todo lo que estaba pasando por su enfermedad, tenía buen apetito, y su estado de ánimo no le hacía lucir tan mal; cuando ambos terminaron el desayuno; la enfermera se retiró y el chico se quedó mirando de nuevo los ojos de la joven. Joska sonrió, y le preguntó:

—¿Te gustan mis ojos?

—Sí.

—¡Tú también tienes lindos ojos pequeño!

—¿Me leerías tu cuento?

—¿Cual cuento? —respondió la joven tratando de ocultar que la noche anterior, ella le había escuchado todo lo que dijo.

—El que estabas leyendo ayer.

La joven no encontraba una forma de evadir, los insistentes comentarios del chico. Ella no podía leerle un libro como la *Divina Comedia* de *Dante Alighieri* a un niño de tan solo 7 años, y más sabiendo que él, tal vez moriría pronto; tenía muy claro que ese relato era fuerte, así que le dijo:

—No te puedo leer ese cuento, pero te contaré otro.

—¿Por qué no me puedes leer el cuento?

—Verás, ese cuento dice algunas cosas feas, y sé que no te gustará.

—Pero lo puedes contar como tú quieras y solo dirás las cosas bonitas.

La joven Joska, no podía creer que un niño de solo 7 años hablara así. Sus palabras y frases eran expresadas con gran madurez. Tal como si las ideas de un adulto estuvieran presentes en la mente del pequeño; era una extraña mezcla de inocencia y madurez, que no era habitual; no tuvo mucho tiempo para pensar si le contaría el cuento al chico, pues él, siguió insistiendo; así que la joven accedió y dijo:

—Está bien, te lo contaré, pero a mi manera.

El niño sonrió y sus ojos brillaron de alegría, mientras la joven en su interior trataba de encontrar una manera inocente y agradable, para explicarle que después de la muerte, existía el infierno y el paraíso. No era nada fácil, al chico no le quedaba mucho tiempo de vida, y ese tema; definitivamente no era adecuado. El niño rompió el silencio de la joven como si supiera lo que ella estaba pensando y dijo:

—No tengas miedo yo voy a morir, y no lo tengo, ¡sé que pronto me iré al cielo!

—¡No digas eso! Tú no morirás.

—¡Niña!, ¿me contarás el cuento?

Ante la insistencia, la joven Joska comenzó a contarle que ese cuento, hablaba del cielo y el infierno; y le expresó que no debía preocuparse porque Dios quería mucho a los ángeles como él; y definitivamente, ¡iría al cielo! El niño se sintió muy bien, a pesar de las pocas palabras que había dicho la chica; seguidamente, cerró sus ojos y se volvió a quedar dormido.

A la joven, le extrañó mucho que el niño por momentos parecía tener mucha energía, y repentinamente se quedaba profundamente dormido. Eso no era común, pero pensó que podría ser por su enfermedad, o los medicamentos; así que no le dio mucha importancia y comenzó a releer su libro.

El tiempo pasó rápidamente y casi era mediodía, cuando la enfermera llegó y le anunció a la joven que tenía una visita. Joska soltó inmediatamente el libro; sabía que solo la visitaría la Sra. Marely y el Sr. Horváth; no obstante, Marely llegó sola, y comentó a la joven que su esposo había tenido algunos contratiempos ese día, pero le prometió que al día siguiente el Sr. Horváth vendría a visitarla.

Joska no le dio gran importancia al asuntó y agradeció su visita; le contó que durante su recuperación compartiría la habitación con el pequeño Angyal, e incluso le comentó sobre el sueño que había tenido la noche anterior. Marely no pudo evitar sentir un escalofrió que recorrió todo su cuerpo; y por un momento, se preocupó, pero la joven Joska le dijo:

—Tranquila Sra. Marely, no creo que signifique nada malo, y en el fondo de mi corazón, siento que ese niño es tan especial como su nombre, es tan solo un pequeño ángel.

—Si Joska tal vez tienes razón, y cuéntame, ¿que tiene el niño?

La joven Joska se acercó a Marely, y le susurró al oído:

—Tiene cáncer y podría morir muy pronto.

—¡Dios! Es lamentable Joska, pero no debes hablar estas cosas cerca de él.

—Sí, lo sé Sra. Marely.

La conversación entre Marely y la joven, fue interrumpida por la hora del almuerzo; la enfermera llegó para traer la comida de Joska y del pequeño Angyal, le entregó una bandeja con el almuerzo a la joven y despertó al niño; Marely se ofreció para ayudar a la enfermera, y esta, aceptó.

La Sra. Marely le ayudó al pequeño Angyal, durante la hora de la comida. Cuando ambos terminaron de alimentarse, continúo conversando con la joven y también con el niño de manera muy amigable.

El tiempo pasaba agradablemente, Marely sentía una inmensa felicidad, y a la vez, estaba sorprendida por los comentarios y ocurrencias del pequeño Angyal. Todo en ese momento era mágico; hasta que de pronto, un acontecimiento inesperado, borró la alegría en cuestión de segundos.

¡El niño comenzó a convulsionar!

La Sra. Horváth ¡gritó y se desesperó! Joska comenzó a llorar, y sentía que todo dentro de ella se derrumbaba; dos enfermeras entraron a la habitación, una de ellas se llevó rápidamente al niño hacia la sala de emergencias, mientras la otra comenzó a tranquilizar a la joven Joska y también a Marely.

Los ánimos poco a poco se fueron calmando, pero la incertidumbre se incrementaba, cada vez que la joven recordaba el sueño que había tenido la noche anterior.

Tanto Joska como Marely, se preguntaban: ¿sobrevivirá?, y las dudas tomaban el control de la situación; sin embargo, no había nada que pudieran hacer; solo podían esperar que sus deseos se hicieran realidad y el niño volviera nuevamente a la habitación, aun cuando de un momento a otro pudiera esperarse lo peor.

IX

E sa tarde fue realmente impactante; pasó cerca de una hora y la incertidumbre se mantenía viva en el lugar. Aun cuando la joven Joska y Marely parecían estar calmadas, ambas sentían una gran desolación.

De pronto, la enfermera que llevó al pequeño Angyal a la sala de emergencias, entró a la habitación y Marely le preguntó muy preocupada:

—Disculpe, ¿sabe cómo está el niño que se encontraba en esa cama?

—Sí, no deben preocuparse, estará bien por los momentos —dijo la enfermera, con algo de tristeza en sus ojos.

—¿Por los momentos? —preguntó Marely.

—Sí señora, ese niño está pasando por una etapa muy difícil de su enfermedad, y les recomiendo que sean fuertes; a veces esto, suele pasar a diario. Él estuvo recluido en este hospital desde hace un año, hasta que fue trasladado a un centro especializado en el área de neurología, debido a que su cáncer se había extendido a varias partes de su cuerpo, y fue cuando le descubrieron un tumor cerebral, pero ante las pocas posibilidades de recuperación, decidieron remitirlo nuevamente a este centro asistencial, por eso, me tomé el atrevimiento de comentarles todo sobre su estado de salud; la situación es realmente crítica, hay días en los cuales ese pequeño puede llegar a convulsionar varias veces, y es realmente difícil tener que presenciarlo, pero deben estar preparadas para evitar que todo eso les afecte, tanto a ustedes como al chico.

—Le comprendo —dijo Marely.

En ese momento, tanto Marely como la joven dieron gracias internamente a Dios por haber materializado sus deseos. Aun cuando la noticia parecía no ser muy alentadora; debido a que Angyal, tal vez, volvería a enfrentar situaciones así, y eso era algo muy triste, pero tanto Marely como la jovencita tendrían que ser fuertes para disimular la tristeza y no desalentar al chico; no obstante, los minutos fueron pasando y las preocupaciones se marcharon.

El pequeño Angyal, estaba de nuevo en la habitación; la enfermera llegó con él, lo bajó de la silla de ruedas y lo subió a su cama; Joska lo miró tiernamente y Marely casi no podía disimular el dolor que le producía la situación; todo eso, le hacía revivir las imágenes de su pequeña hija cuando estuvo hospitalizada y en el fondo de su corazón, sentía como el dolor se apoderaba de ella en cada minuto.

El niño en ese preciso instante miró fijamente a Marely como si quisiera preguntarle algo, pero no dijo nada. Ella trató de disimular la tristeza, se liberó de cualquier pensamiento que le pudiera atormentar, y dijo:

—¿Cómo te sientes?

—¡Bien!

—Entonces eso es excelente Angyal, ya verás que pronto todo esto pasará, ¡eres un niño adorable!, ¿lo sabias?

El pequeño Angyal se sonrojó y dijo:

—Gracias.

La Sra. Horváth tomó la mano del chico y trató de animarlo, comentándole que todo eso que le estaba pasando, terminaría pronto y después, sería muy feliz, pero repentinamente el niño le interrumpió diciendo:

—Sí, lo sé, yo iré al cielo.

—No digas eso pequeño Angyal, todavía no iras al cielo, tú vivirás mucho y serás muy feliz aquí.

—¡Pero yo soy feliz ahora!

—Entonces es mejor aún, seguirás siendo feliz hasta que te recuperes.

—Quiero ir al cielo —dijo el pequeño Angyal, al momento en que se volvió a quedar profundamente dormido.

La Sra. Horváth se preocupó y pensó que al chico le sucedía algo malo. Joska le comentó que Angyal era así; le contó que por momentos parecía tener mucha energía, pero de forma repentina se quedaba profundamente dormido. Marely preguntó a la joven si la enfermera le había hablado sobre esa reacción del niño, pero Joska no supo que responder; le contestó que ella no le dio importancia porque pensó que tal vez, sería a causa de la enfermedad, o los medicamentos; así que Marely también lo tomó como algo natural.

La joven y la Sra. Horváth aprovecharon el largo tiempo que el niño duró dormido, para conversar en voz baja sobre muchas cosas. Hasta que de pronto, Joska le preguntó a Marely:

—Sra. Marely, siento que mi presencia en este hospital es innecesaria y no comprendo por qué tengo que estar aquí dos semanas; entiendo que mi condición amerita del reposo, pero no estoy grave, o al menos eso es lo que me han dicho: ¿Por qué, no me puedo ir a casa?

La Sra. Horváth se quedó callada, sin pensar que la joven podría imaginarse lo peor, pero tampoco quería confesarle lo sucedido y terminar ocasionándole una preocupación adicional; no obstante, la joven le hizo cambiar de idea cuando le preguntó:

—¿Acaso tengo cáncer o alguna enfermedad incurable?

—Joska, no tienes ninguna enfermedad incurable, pero si hay algo que debo decirte, y si no te lo comenté antes, fue para no preocuparte; tú eres realmente importante, tanto para Zsiga como para mí, y dada las circunstancias tarde o temprano lo sabrás, así que te lo diré ahora.

—¿Qué sucede? ¿Es algo grave?

—Tranquila jovencita, lo que sucede no es grave, te contaré: el día que el doctor te diagnosticó la fisura en la rótula, nos dijo que no podría darte de alta del hospital estando sola y tampoco dejarte ir con nosotros; explicó que el Estado te enviaría con una familia sustituta.

—¡No puede ser! Pero yo no quiero separarme de ustedes —dijo Joska, al momento en que sus ojos, se entristecieron.

La joven no podía creer lo que había escuchado; sintió que cada uno de sus sueños se derrumbarían, y la vida que comenzaba a tener sentido, simplemente desaparecería tan pronto la enviaran a un hogar desconocido; no obstante, Marely la abrazó y le siguió contando:

—Joska, no debes preocuparte, no estarás sola; el mismo día que ingresaste al hospital, Zsiga fue a visitar a un abogado para ver que podríamos hacer, y nosotros vamos a solicitarle al juez que nos asigne como tus tutores; en ese caso, la colocación familiar seria en nuestro hogar, y al salir de este hospital te mudarías inmediatamente a nuestra casa.

—¿Harán eso por mí?

—Teníamos que hacerlo Joska, nosotros no te queremos perder.

—Gracias Sra. Marely, no sabe lo feliz que me hace saberlo —dijo Joska—; y comenzó a llorar, pero esta vez como producto de la inmensa alegría que estaba experimentando.

—¿Entonces, no duraré las dos semanas en el hospital?

—Eso no lo sabemos, el trámite apenas comenzó, y después de esto, tenemos que recibir las visitas del servicio social, ser entrevistados, y hacer un curso de varios días; posteriormente fijarán la fecha para ir al juzgado y nos preguntarán a todos incluyendo a ti, si estás de acuerdo y en ese momento el juez decidirá.

—Pero: ¡si el juez dijera que no!, ¿qué pasaría?

—Tranquila Joska, el abogado que llevará el caso es muy bueno en su trabajo, y todo saldrá bien, no debes preocuparte por nada.

—Está bien Sra. Marely; ¡gracias!

—No tienes que agradecer, para nosotros serás como esa hija que el destino nos quitó —dijo Marely, y dejó salir una lágrima.

La situación era realmente emotiva, pero esta vez para bien; la jovencita estaba sintiendo que la vida al fin le devolvería todo lo que le había quitado desde su primer año de edad, y por otra parte Marely sentía lo mismo.

Ambas se necesitaban, para reconstruir esa parte de sus vidas que se había derrumbado con la pérdida de esos seres que tanto quisieron; no obstante, tanto Joska como Marely, tendrían que aprender algo muy importante en la dura escuela de la vida: ¡encontrar el motivo de su existencia!, y esta, si era una tarea realmente difícil.

Muchas personas suelen decir con gran facilidad, que conocen el verdadero motivo y razón de su existencia; sin embargo, pocos tienen la sabiduría para comprender lo que eso realmente significa; aceptar conscientemente el sufrimiento que conduce al verdadero paraíso, es una prueba de valentía que solo puede ser superada por *Grandes Iniciados*. Cualquiera puede llegar a comprender el motivo de su existencia, pero: ¿cuantos estarían dispuestos a morir trágicamente, para cerrar el ciclo recurrente de sus propios karmas? Esa interrogante podría resultar cruel y aterradora para muchos; aunque para otros, representa un gran paso a seguir en la búsqueda del camino que les conducirá a ese paraíso prometido, más allá de la razón.

La tarde fue pasando lentamente para la joven, y las horas de visitas en el hospital, habían culminado; Marely se despidió de Joska, la abrazó y prometió cuidar de ella para siempre.

Al cabo de una hora, una enfermera entró a la habitación y le colocó el tratamiento al pequeño Angyal; el chico se despertó y en su rostro se podía observar el sufrimiento y la incomodidad que le producían, cada una de las tantas inyecciones que a diario le colocaban; sin embargo, el pequeño angelito en ningún momento manifestaba rechazo, ni se lamentaba por su enfermedad; parecía estar muy consciente de la situación que enfrentaba y la necesidad del tratamiento.

La jovencita no podía dejar de sentir una sensación extraña, veía con gran pesar las duras penas que enfrentaba el pequeño Angyal; pero a la vez, observaba la fortaleza del niño, su inquebrantable estado de ánimo, y esto, le resultaba muy inspirador. Si bien es cierto que la situación era cruel, no se podría negar que Angyal, no se resignaba a perder su felicidad por ningún motivo.

La enfermera salió de la habitación y nuevamente Joska y Angyal estaban solos. El pequeño miró hacia la cama de la joven y esta le preguntó:

—¿Te sientes bien pequeño angelito?

—¡Sí!

—¿Y eso?, ¿te da pena hablar conmigo?, siempre dices: si, ¿nada más? —dijo Joska, y mostro una agradable sonrisa.

—¡No!, pero a veces me gusta mirarte a los ojos.

—Si ya me he dado cuenta, y dime: ¿dónde están tus padres?

—En el cielo.

La joven hizo silencio y pensó que había sido un gran error, preguntarle eso al pequeño. Ella también había crecido sin la presencia de sus padres, y entendía lo difícil que era; para el niño, seguramente habría sido peor, y trató de cambiar el tema de conversación, diciéndole:

—¡Tranquilo te comprendo!, mis padres también están en el cielo, pero cuéntame más de ti: ¿cuál es tu comida favorita?

—Me gusta todo, mi padre me dice que debo aceptar todo lo que me dan aquí.

—¿Tu padre? —preguntó la joven, algo confundida.

—¡Sí!, el me lo dice desde el cielo, ¿sabes? ¡Yo siempre voy al cielo!

—Sí, ¡qué bien! —respondió Joska, algo preocupada—. Y pensó que simplemente, el niño deliraba; sabía que él, recibía muchos medicamentos, entre ellos, drogas muy fuertes que posiblemente le hacían alucinar, y ante esta realidad, lo mejor que podría hacer es seguirle la corriente, y no pensar mucho en la veracidad de las cosas que decía.

—¿Qué te pasó? —dijo Angyal.

Esa pregunta, obligó a la joven Joska a regresar nuevamente a la realidad. Era muy importante evitar esos momentos de silencio, pues él, podría interpretarlos de una forma negativa y preocuparse, así que le dijo:

—No pasa nada Angyal, ¿me puedes contar como es el cielo? —dijo Joska, a fin de conversar un poco y hacerle sentir mejor.

—Es muy bonito.

—Si ya lo sé, pero ¿cómo es?

—¿Tú has ido al cielo?

—No, por eso te estoy preguntando Angyal, en serio: ¿cuéntame cómo es?

—Es que no sé cómo describirlo, es igual que aquí.

—¿En serio? —preguntó Joska, algo intrigada por la respuesta de Angyal—. Y afirmó:

—Yo pensaba que era un lugar mágico, con muchas nubes y grandes coros de angelitos tan lindos como tú.

—¡No! El cielo es igual que aquí —dijo Angyal muy molesto.

—Tranquilo pequeño, yo te creo, aunque pensé que tal vez era diferente.

—La gente grande, nunca cree eso cuando yo lo digo y es verdad —dijo Angyal, y comenzó a llorar.

—Tranquilo, yo te creo; ¡lo juro!

La chica se sentó, tomó las muletas y se levantó, caminó hasta la cama del pequeño Angyal, lo abrazó y le volvió a decir:

—¡Yo te Creo! Ya no llores más por favor.

Al ver la actitud tan convincente de la joven, el niño le creyó y comenzó a tranquilizarse; todo eso revelaba que, para él, era muy importante saber que las personas le creían; sin embargo, su visión del cielo era contradictoria de lo que cualquier persona se podría imaginar. Angyal estaba convencido de la existencia de un cielo totalmente diferente, y este, no era un lugar mágico con grandes nubes y coros de ángeles alados que rodeaban el trono de Dios.

La forma en la cual el niño imaginaba el cielo era mucho más real y cotidiana; argumento que, para el común de las personas, solo reflejaba frialdad, desánimo e incluso para algunos médicos, era la manifestación de un estado depresivo; pero ¿por qué el cielo siempre tiene que ser representado como un lugar mágico? ¿No puede ser un sitio tan real y maravilloso como lo es este mundo en muchas ocasiones? Entonces, de ser así: ¿es mala la realidad? Tal vez, el pequeño Angyal más allá de su enfermedad, y corta edad, realmente se encontraba descubriendo el camino a su propia verdad; y por ello, no debería ser cuestionado.

Las horas pasaban y con el transcurrir del tiempo llegó la noche. Después de cenar, el pequeño Angyal se volvió a quedar dormido y Joska nuevamente comenzó a releer su libro; no solo por ser lo único que podría hacer para entretenerse; sino también, por lo que había comentado Angyal. La joven quedo algo intrigada por esa nueva forma de interpretar el cielo, y deseaba contrastar las nuevas ideas, con las descripciones filosóficas que se encontraban presentes en el relato del gran Dante Alighieri.

Además de todo eso, había otra pieza que también, pasaría a formar parte de su rompecabezas filosófico; la posible existencia de una nueva vida después de la muerte; la reencarnación.

La joven Joska en su interior presentía, que después de esta existencia, había algo más; su intuición le permitía escuchar la voz de su corazón, y esta le gritaba que después de la muerte el camino continuaría; pero la respuesta que ella quería recibir era mucho más específica: ¿a dónde?, y esta, realmente no era una pregunta descabellada. Muchas personas a lo largo de su existencia se han preguntado: ¿dónde está realmente el cielo?; para la mayoría es un paraíso maravilloso, un lugar mágico donde todos visten blancas túnicas y tienen la oportunidad de ver el gran trono de Dios, rodeado de hermosos ángeles alados; sin embargo, otras personas suelen creer que después de la muerte, regresaremos nuevamente a este mundo para alcanzar en él, la iluminación o despertar espiritual.

Ante esto, ¿era posible que Angyal tuviera razón?, ¿podría ser este mundo el cielo?; pero, de ser así: ¿cuál sería el infierno?; y más aún: ¿dónde estaría el purgatorio? Todas esas preguntas comenzaban a tener presencia en el interior de la jovencita y terminaban alojándose en su cabeza. Joska simplemente pensaba, y releía el libro con la firme convicción de entender su significado oculto.

Si ella estaba segura de algo: era que no dejaría este mundo, hasta descubrir el misterio; no obstante, había una enseñanza que la joven no podría ignorar, no bastaría con la interpretación de un libro, para descubrir su propia verdad. Ella tenía que contrastar todas las enseñanzas que recibía de la vida misma, y así comprender conscientemente, la razón y motivo de su existencia.

El cansancio logró vencer a la jovencita y sus ojos comenzaron a cerrarse lentamente, hasta el punto en el cual, quedó dormida con el libro sobre su pecho. En esta oportunidad, el destino comenzaría a marcar su vida en un misterioso sueño.

En él, Joska se encontró con el pequeño Angyal en aquel lugar solitario y desolado que había soñado anteriormente. En un extremo, se encontraba la gran muralla y la majestuosa entrada totalmente cerrada; no obstante, en esa oportunidad el niño le indicó a la joven que caminara con él, en sentido contrario al gran muro. Caminaron hacia lo que parecía ser kilómetros de nada, pero de pronto, Joska tropezó con una piedra, cayó y quedó inconsciente; todo se oscureció y solo era posible observar el color negro, se escuchaban palabras muy extrañas e idiomas que la jovencita no podía comprender. Todo eso, era realmente confuso y tenebroso, el miedo era natural, pues la joven se encontraba a ciegas en un ambiente totalmente desconocido.

Las extrañas voces en otros idiomas, se comenzaban a escuchar cada vez más fuerte en la oscuridad, y la joven Joska se encontraba aterrada a pesar de no ver absolutamente nada; podía sentir como su corazón se agitaba y los fuertes latidos ocasionaban un gran terremoto en su interior. La situación era realmente desesperante, e intentó gritar, pero descubrió que había perdido también su voz.

El temor de la joven se fue disipando lentamente en la medida que ella, comenzó a comprender el significado de las voces, aun cuando las frases que escuchaba y la situación en sí misma, era muy extraña. Sus sentidos comenzaban a regresar poco a poco, y pudo ver algunos rayos de luz que le ocasionaban una gran incomodidad en los ojos; su visión era muy borrosa, y tampoco podía articular bien las palabras; sin embargo, esto fue cambiando hasta que finalmente pudo ver.

La chica observó que se encontraba en la cama de un hospital; no obstante, alcanzó a darse cuenta, que todo era muy diferente en esta ocasión; las personas a su lado: hablaban con un acento característico que les hacía parecer españoles; intentó preguntar: ¿qué sucedía? Pero, descubrió que le resultaba imposible, debido a que no podía articular bien las palabras al momento de pronunciarlas; tenía muchas dudas que necesitaba aclarar y al intentar expresarse, solo alcanzaba a decir algunas palabras sueltas las cuales, al parecer, no tenían sentido lógico, para quienes se encontraban en el mundo exterior.

La joven se desesperó y quiso gritar: ¿dónde estoy? Pero solo pudo decir: ¡hoy! Nuevamente lo intentó y preguntó: ¿qué sucede?, ¿qué me pasa?; no obstante, de su boca solo salieron las palabras: ¡de!, ¡casa!; en ese momento el médico le dijo:

—Tranquila señorita, es natural que no pueda hablar por ahora.

—¡hoy!, ¡casa!, ¡asa! —pronunció la chica, desesperada con el rostro lleno de lágrimas.

—¡Tranquila!, no se desespere, esto pasará, por ahora debe calmarse.

Seguidamente, el doctor le indicó a la enfermera que suministrara un sedante a la paciente y rápidamente le colocaron una inyección en la vena. Ella no entendía lo que estaba sucediendo, todo era realmente extraño, su visión comenzó a desvanecerse y la luz de sus ojos se apagó; la oscuridad esta vez, vino acompañada de un inquietante y enloquecedor silencio que se apodero rápidamente de todos sus sentidos; sin embargo, más allá de esto, se encontraban algunas visiones que muy pronto le harían comprender lo que hasta ahora, era sencillamente inexplicable.

X

La oscuridad en esta ocasión, se encontraba acompañada de sombras muy tenebrosas que mantenían a la joven aterrada; no obstante, esa situación duró poco. Ella comenzó a presenciar algunas visiones agitadas y confusas, en las cuales observó a una mujer pelirroja con la piel bronceada, ojos negros, estatura mediana y aproximadamente 20 años de edad, la cual discutía fuertemente con un hombre de más o menos 50 años; el sujeto era blanco, de cabello castaño, ojos negros; ambos hablaban con acento español, y en medio de la fuerte disputa, pudo escuchar cuando aquella mujer gritó:

—Papá yo lo amo.

—¡Ostias! Eres terca como tu madre, no te vas a casar con ese infeliz de porquería.

—¡Yo lo voy a hacer así no te guste!

—Sobre mi cadáver, ese miserable no se va a casar contigo, aunque lo tenga que matar; ¡ya verás Claudia!

—¡Hasta nunca papá! —gritó la mujer, y corrió con el rostro lleno de lágrimas.

La jovencita pudo ver en esa visión agitada, como la mujer salió corriendo y se largó. Después de eso, miles de imágenes confusas venían y salían de su cabeza; todo era muy extraño y la chica comprendía cada vez menos lo que sucedía; repentinamente alcanzó a ver como un sujeto de cabello largo, con algunos tatuajes en sus brazos la intentó besar. En ese momento abrió los ojos desesperada y observó que se encontraba en la cama del hospital totalmente inmóvil; a su lado estaba el sujeto que ella vio discutir con aquella mujer pelirroja.

La joven se encontró presa de nervios, y aun sin comprender lo que pasaba, intentó preguntarle al sujeto: ¿quién era?, pero no pudo hablar. De pronto el hombre comenzó a llorar y dijo:

—¡Perdóname! Claudia mi niña por lo que más quieras, sé que no he sido justo contigo, y solo quiero que salgas de esto; espero que puedas perdonarme hija.

—¡Hoy! ¡Casa! ¡Eeee! ¡Asa! —pronunció la joven, cuando intentó preguntar—: ¿Dónde estoy? ¿Qué pasa? ¿Qué sucede? ¿Qué rayos pasa?

En ese preciso instante, entró un doctor a la habitación y dijo:

—Sr. Julio Morales.

—Sí, soy yo doctor —dijo el sujeto que se encontraba en la habitación con la joven.

—Tengo que informarle que el estado de salud de la señorita Claudia Morales es realmente crítico; su hija ingirió una gran cantidad de pastillas de un fármaco antidepresivo muy delicado, y esta es la causa del accidente cerebro vascular que ha sufrido; algunos vasos sanguíneos se rompieron causándole irrigaciones de sangre en el cerebro, y también se produjeron varias isquemias; por ello, no puede ni hablar, ni moverse.

—Pero doctor, por favor dígame, ¿esto pasará?, ¿ella se va a recuperar?

—Sr. Morales, realmente no podemos predecir eso, estamos haciendo todo lo posible; aun cuando la paciente por ahora se encuentra estable, podría enfrentar otro ACV. Lo que sí puedo asegurarle, es que las próximas 48 horas son cruciales en su recuperación.

—¡Le comprendo doctor!

Al escuchar lo que dijeron durante la conversación, la joven comprendió que la estaban confundiendo con la mujer pelirroja, a quien vio en esa visión agitada; pues, todos se referían a ella por el nombre de Claudia; no obstante, trató de tranquilizarse y pensar. Repentinamente, todo comenzó a oscurecer y la chica de nuevo perdió la vista; solo podía escuchar los descontrolados llantos de aquel hombre que gritaba desesperado, y algunas frases del médico y enfermeras que decían:

—¡No te vayas! Claudia hija no te vayas por favor, no me dejes...

—¡No!, mi niña no. ¡No me la quites Dios!

—¡Enfermera rápido!, a la sala de emergencias.

—¡La estamos perdiendo doctor!

—¡Doctor! La perdemos...

Una gran cantidad de imágenes desconocidas cruzaron por la mente de la joven, hasta que sus ojos se abrieron, y se encontró nuevamente en aquel lugar desolado que había soñado anteriormente; junto a ella, estaba el pequeño Angyal, y este le ayudó a levantarse. Después de eso, el niño señaló la gran muralla y le dijo:

—Mira hacia allá.

—¿Qué es todo esto? —preguntó la joven.

En ese preciso instante, ¡Joska despertó! Estaba en la cama del hospital y a su lado se encontraba el pequeño Angyal. La jovencita tenía el corazón tan agitado que parecía como si fuera a salirse de su pecho, y aun temblaba por las cosas que experimentó durante el extraño sueño.

Eran cerca de las 4:30 AM, y Joska comenzó a tranquilizarse, mientras observó como el pequeño Angyal dormía plenamente. La chica respiraba profundamente e intentaba poner en práctica algunas técnicas de relajación que había aprendido de la Sra. Horváth; poco a poco logró alcanzar el estado ideal de relajación, la calma aquietó su mente y se apoderó de su corazón.

A pesar del miedo que Joska experimentó en esa ocasión, el sueño parecía contener las claves que le permitirían comprender sus propios karmas; pero, no era tan fácil. La jovencita a pesar de lo revelado en el sueño no podía afirmar que, en su anterior existencia fue esa mujer llamada: Claudia Morales; sin embargo, esto al menos representaba una posibilidad.

Hay experiencias que se presentan en momentos específicos de la vida, y el ser humano las acepta para terminar convirtiéndose en el reo de las nuevas ideas, que al principio solo parecen atormentar y confundir, debido a las interrogantes que vienen aunadas a ellas por naturaleza, y el sueño que había tenido la joven Joska, no era una excepción a esto.

Si bien era cierto que ese sueño, se alojaría en el interior de la jovencita y sembraría en su mente muchas interrogantes, también representaba un posible indicio de su pasado, más allá de esta vida; pero ¿cómo saber si ella en su anterior existencia fue Claudia Morales?, ¿quién fue esa tal Claudia?, y algo más difícil de investigar: ¿en cuál de todas las existencias pasadas, Joska pudo ser Claudia? Eran las tres primeras preguntas que Joska, se plantearía a fin de conocer su pasado, mejor dicho: el gran eslabón perdido de sus karmas.

Aun cuando, responder todas esas preguntas, fuera sumamente difícil para algunos, y para otros pudiera representar algo imposible, la jovencita no se resignó y simplemente se dijo así misma: ¡si no puedo probar la verdad, entonces tratare de sentirla! Joska tenía una gran fortaleza en su corazón y su espíritu, sencillamente era inquebrantable; y siendo así: ¿por qué en su anterior existencia tomaría una decisión tan cobarde como atentar contra su propia vida? Eso tal vez, resultaría aún más difícil de responder, pues la fortaleza espiritual no ha debido forjarse en una sola existencia; seguramente para que la jovencita en esta vida fuera tan fuerte, en sus vidas pasadas, ha debido tener un conjunto de cualidades espirituales muy relevantes.

No obstante, las preguntas solo representan cuestionamientos intelectuales, formulados con el objetivo de encontrar, una respuesta capaz de conducirnos a una nueva interrogante: ¡así es como funciona la ciencia!; mejor dicho: ¡así se ha vendido la idea de lo que debe representar la ciencia!; llegar a responder una pregunta con otra, no siempre permite encontrar la solución, y en muchos casos tampoco determina la evolución.

En consecuencia, Joska no podría seguir pensando en formularse una pregunta tras otra, y menos sin haber encontrado los datos necesarios, para alcanzar una interpretación consciente de ese sueño que prometía revelarle su misión en esta vida, más allá de lo que fue en su anterior existencia.

La joven dejó de pensar en todo eso, que al fin y al cabo, no era relevante en el momento y se dijo internamente: ¡debo esperar la respuesta del destino! Ella sentía que todo llegaría en el momento indicado, y estaba en lo correcto. Todo en el universo tiene su tiempo, espacio y lugar; preguntarse cuando sale el sol, no hará que amanezca más temprano, y tratar de cambiar el mundo sin transformar al hombre, solo sería como pintar estrellas en el techo de una habitación para creer que durante las noches se puede contemplar el cielo.

En ese instante, el pequeño Angyal despertó y saludó a la joven Joska, ella le respondió y se quedó mirándolo; de pronto el niño le preguntó:

—¿Estabas en el cielo?

—No Angyal, estaba dormida y desperté hace algunos minutos.

—¡Pero yo te vi en el cielo!

—¿Qué dices Angyal?, no te comprendo.

—Estabas conmigo en el cielo, yo te vi.

—¿Sí? ¿Pero Angyal, yo no recuerdo?

—Es que en el cielo te pegaste en la cabeza con una piedra, y por eso se te olvidó.

La chica se sorprendió increíblemente al escuchar lo que había comentado el pequeño Angyal, y eso era una reacción muy natural. De hecho, cualquier persona quedaría impactada si le sucediera algo similar; la jovencita se preguntaba: ¿cómo Angyal supo lo que ella había soñado? Acaso, ¿ese chico habría despertado alguna condición espiritual? Realmente, ¿era posible que el sueño fuera una premonición? Todo eso, cada vez se tornaba más extraño; sin embargo, el niño le estaba revelando a Joska algo muy importante; siempre que él describía el cielo, en realidad parecía referirse al maravilloso mundo de los sueños.

Repentinamente el chico preguntó:

—¿Te dolió mucho?

—¿Qué? —contestó Joska.

—Cuando te pegaste en la cabeza con esa piedra.

—No Angyal, solo fue un sueño, pero ¿cómo sabes tú eso?

—¿Qué? —preguntó esta vez el chico.

—Lo del sueño donde me pegué con la piedra en la cabeza.

—Yo te vi, estaba caminando contigo y tenía las dos piernas, ¿no lo recuerdas?

—Si Angyal lo recuerdo.

—Estuviste mucho tiempo en el suelo.

—Sí, y durante ese tiempo, vi muchas cosas que no entiendo.

—¿Qué cosas?

—Soñé que estaba en otro hospital y la gente me llamaba Claudia, ¿has escuchado alguna vez ese nombre?

—Sí.

—¡Por favor! Angyal dime: ¿dónde has escuchado ese nombre?

—En el cielo, la primera vez que fui.

—¿En serio Angyal?, cuéntame todo por favor.

—Sí, un señor me dijo que tenía que decirle algo.

—¿A quién? ¿A Claudia?

—Sí, también me dijo que tenía que decirle algo a María y también a ti.

—¿Quién fue esa tal María?

—Realmente, no sé quién es María, pero el señor me dijo, que lo sabría en el momento indicado.

—Angyal dime: ¿qué te dijo el señor?

—Que le tenía que dar un mensaje a Claudia, Joska y María, y ya no iba a tener más cáncer.

—¿Qué mensaje? —preguntó Joska, muy pálida y temblorosa.

—Todo está aquí. ¡No te pierdas la realidad de la vida! Este es el infierno y el paraíso...

—¡Dios! —exclamó Joska impactada.

La jovencita había recibido el mensaje en su totalidad, y no tenía dudas; sabía que su propósito en la vida; estaba vinculado a la presencia de Angyal en el hospital. También comenzaba a ver con claridad, que todo llegaba en el lugar y momento indicado; una parte del mensaje le había llegado a través del Sr. Horváth, y muchas otras claves para comprenderlo, le habían sido provistas, mucho antes de la confesión del niño; y esto parecía haber sido planificado por el destino; el cual la llevó a la cama de un hospital, para mostrarle en los instantes más propicios, cada una de las revelaciones.

Las horas de la mañana pasaron y la jovencita, recibiría la visita de Marely, y con ella, posiblemente vendría el Sr. Horváth; no obstante, la sorpresa que el destino le estaba preparando para la tarde, ¡era aún mayor! El Sr. Horváth le había entregado los recaudos al abogado Demian Herceg, para formalizar la solicitud de la tutela, y después de eso, se encontró por causa y efecto de la vida, con el Sr. Ferenc Oláh y le contó, todo lo que había sucedido.

Mientras la chica esperaba con ansias la hora de la visita, Marely y el Sr. Horváth se encontraban preparando algo muy especial. El tiempo transcurrió y finalmente la enfermera entró a la habitación y le dijo a la joven que tenía visitas. La sorpresa no se hizo esperar, Marely llegó acompañada de su esposo Zsiga, y también del Sr. Oláh.

Marely abrazó a la jovencita, y tanto Zsiga como el Sr. Oláh la saludaron con mucho cariño; la chica muy animada les devolvió el saludo, y aprovechó la oportunidad, para presentar su compañero de cuarto a los atentos visitantes.

—Sr. Horváth y Sr. Oláh, les presento a mi compañero de cuarto Angyal.

—¿Qué bien?, ¿cómo estás? —dijo el Sr. Horváth.

—Bien señor.

—Es un verdadero placer, ¿cómo te llamas pequeñín? —exclamó el Sr. Oláh.

—Angyal Tanítás.

—¡Ángel Enseñanza! Sencillamente, ¡maravilloso! Que gran nombre tienes pequeñín —dijo el Sr. Oláh.

La visita que recibía la jovencita había cambiado el ánimo del lugar por completo. El entusiasmo del Sr. Oláh, la cordialidad del Sr. Horváth, y la sensibilidad de Marely, se convirtieron en los protagonistas de una tarde maravillosa, no solo para Joska, sino también para el pequeño Angyal, y eso realmente, había sido una gran muestra de humanidad.

Esa tarde, tanto Joska como Marely experimentaban una intensa alegría, y decidieron compartirla con el pequeño Angyal; el Sr. Oláh por otra parte, demostraba su bondad y nobleza, animando al niño y el Sr. Horváth sonreía; el momento simplemente era perfecto para compartir, vivir el presente y olvidar cualquier sentimiento de tristeza que hubiera tenido lugar en el pasado.

El pequeño Angyal en ese momento, era un ejemplo de lo que significaba: no perderse la realidad de la vida; pues, ese niño estaba prácticamente condenado a muerte, pero aún le quedaban instantes para disfrutar. Las enfermeras y los médicos, prácticamente se olvidaron de los protocolos del hospital, y aun cuando, no se permitían visitas numerosas, decidieron no intervenir; ellos sabían que la situación era muy positiva y terminaría alegrándole el día a un niño, que tal vez, no viviría más de dos semanas.

Marely le había comentado a su esposo, el día anterior, que Joska ya lo sabía todo sobre el caso que giraba en torno a su tutela; así que, el Sr. Horváth aprovechó el ánimo del encuentro para comunicarle a Joska y Marely, una excelente noticia; les informó que al día siguiente un trabajador del servicio social iniciaría las entrevistas, y tal vez dentro de poco todo se resolvería.

La noticia había sembrado en el corazón de Joska la esperanza de ir a su nuevo hogar, antes de la noche de navidad, aun cuando esto prácticamente parecía ser imposible.

El tiempo siguió avanzando rápidamente y la hora de visitas culminó. Marely, su esposo y el Sr. Oláh, se despidieron tanto de la joven Joska como del pequeño Angyal y se marcharon. Una de las enfermeras llegó en ese momento y dijo:

—Bueno Angyal, te has divertido mucho este día, pero es la hora de tu tratamiento.

—Sí, lo sé —dijo el niño.

La enfermera le colocó una inyección en la vena y le explicó a Joska que debía dejarlo dormir hasta el día siguiente; la joven se inquietó un poco y respondió a la enfermera:

—Perdón enfermera, ¿pasa algo? Angyal ¿está bien?

—Si Joska; aunque ha sido un día muy agitado para él; muy bueno y gratificante, pero ahora necesita descansar.

—Está bien enfermera, ¡gracias!

—Dentro de algunos minutos te traerán la cena jovencita, ¡hasta mañana! —dijo la enfermera y se retiró.

Una hora después, otra enfermera le trajo la cena a la chica y le preguntó si todo estaba bien. Joska afirmó con un gesto en su rostro, y la enfermera se retiró. La jovencita comenzó a recibir la soledad de la noche; así que tomó su libro para releerlo nuevamente.

Aun cuando era el mismo texto, cada vez que volvía a leerlo, sentía como si leía uno nuevo; eran muchas las preguntas que ella quería responder; sin embargo, olvidaba que el destino, le conduciría a la verdad cuando llegara el momento indicado.

En medio de la lectura se sintió muy cansada, colocó el libro a un lado y apagó la luz, para finalmente dormir hasta el día siguiente. El sueño se fue adueñando de ella, y cuando dieron las 9:00 PM, se encontraba profundamente dormida.

La oscuridad de la noche muy pronto fue tomando forma y se convirtió en aquellas visiones a las cuales comúnmente se les denomina: ¡sueños! Joska se encontró de nuevo en aquel lugar solitario y frente a la gran muralla; sin embargo, esta vez estaba sola. Comenzó a gritar el nombre de Angyal, pero el niño no apareció; eso era realmente preocupante y le producía miedo.

¡De pronto!

Se escuchó la voz del niño que decía:

—Confía en tu corazón, recuerda que la verdad, ¡te encontrará!

—¡Todo está aquí!

—¿Dónde estás? —gritó Joska, temblando de miedo.

—¡Confía en tu corazón! —dijo aquella voz.

—No te escondas; ¿eres tú Angyal?, me estás asustando, por favor no hagas eso.

¡La verdad está frente a tus ojos! ¡Todo está aquí!

La jovencita comenzó a seguir las voces, caminó y podía escuchar el sonido cada vez más cerca, hasta que de pronto; vio una niña sentada en el suelo, se encontraba de espaldas como a diez metros y podía observar como los cabellos de la pequeña eran sacudidos por el viento.

En ese preciso instante, Joska sintió un escalofrío que recorrió todo su cuerpo en cuestión de segundos, al ver una sombra que se acercó por detrás de ella; sin embargo, la chica no se atrevía a voltear, estaba aterrada y ese sentimiento la paralizó por completo.

XI

Hay ocasiones en las cuales el miedo, suele paralizar a las personas e inmovilizarlas, y otras en las cuales les hace reaccionar de forma instintiva; sin embargo, en esta oportunidad, Joska, utilizaría este sentimiento a su favor. Así que preguntó a su corazón, que debía hacer, e inmediatamente sintió que debía voltear con total tranquilidad, lo hizo y allí estaba nuevamente, solo era el pequeño Angyal.

—Angyal, ¡me has asustado! No vuelvas a hacer eso —dijo Joska.

—¿Hacer qué?

—Aparecer así repentinamente y sin decir nada.

—Perdón, no quería asustarte.

—Lo sé pequeño angelito, pero ¿quién es esa niña?

—Se llama Claudia.

—¿Cómo lo sabes? ¿Ella te dijo algo? ¿Pudiste ver su rostro?

—No, un señor que pasó por aquí me lo dijo.

—Ven Angyal, acompáñame —dijo Joska—. Y caminó hacia la niña que se encontraba sentada al frente.

—¡Niña!, ¿cómo te llamas? —preguntó Joska.

La niña ignoró las preguntas de Joska y comenzó a

llorar. De pronto, la joven comenzó a sentir una sensación extraña, lentamente su visión se desvaneció y la luz de sus ojos se apagó por completo; sus piernas perdieron la fuerza y se desplomó; ¡Joska se había desmallado! Todo era muy oscuro, y allí estaba de nuevo aquel mundo extraño de soledad.

La jovencita intentó abrir sus ojos, hasta que lo logró; en ese preciso instante, pudo ver que el pequeño Angyal, y la niña que posiblemente era Claudia, no se encontraban, y ella, estaba sola, pero no en aquel lugar abandonado.

Esta vez, su entorno era la habitación de una casa muy grande. Comenzó a caminar por todo el lugar y sentía mucho miedo; todo eso era realmente inexplicable, su corazón palpitaba con fuerza y de forma muy agitada.

La joven estaba experimentando una sensación muy extraña, nunca había sentido tanto miedo. Si bien era cierto que, en toda su vida, Joska había tenido que superar grandes adversidades, y terribles momentos de soledad, desde que sus padres fallecieron, este sentimiento era totalmente diferente; no obstante, la chica comenzó a explorar el lugar y pudo darse cuenta, que todos los objetos lucían mucho más grande, mejor dicho, había descubierto que ahora, ella era más pequeña.

Al salir de la recámara, caminó hacia una enorme escalera e intentó bajar, pero de manera lamentable, pisó en falso y terminó dando vueltas a lo largo de la misma, hasta que finalmente cayó al otro extremo; sentía mucho dolor y nuevamente su visión había sido cegada; estuvo así por algunos minutos, hasta que pudo escuchar de nuevo algunas voces y gritos.

Esos momentos de confusión, comenzaron a desaparecer al cabo de cierto tiempo, y de nuevo las visiones extrañas regresaron. En esta ocasión, una serie de sucesos se mostraban, y la joven podía verlos de forma muy clara; tal como si ella, estuviera presenciando escenas de un video de recuerdos familiares frente a un televisor.

La jovencita observó a una niña de 5 añitos que caminaba en lo que parecía ser la casa en la cual ella se encontró antes de caer por las escaleras, y pudo visualizar que la niña, corrió para abrazar a un hombre de más o menos 35 años de piel blanca, cabello castaño, ojos negros, que se encontraba en compañía de una mujer de más o menos la misma edad de aquel sujeto; la dama era pelirroja, ojos cafés, piel bronceada y de estatura media.

En aquellas escenas, la niña parecía correr desesperada, para abrazar a esas personas quienes tal vez, eran sus padres; *"pensó Joska, aun sin saber que estaba en lo cierto"*; no obstante, esas escenas duraban poco y su visión se desvanecía; hecho que interrumpía la secuencia de los acontecimientos, y esto, le dificultaba comprender lo que en realidad sucedía.

El tiempo fue pasando y la jovencita pudo ver una gran cantidad de escenas, las cuales quedaron grabadas en su mente, debido a que resultaban realmente impactantes, entre ellas; pudo ver como esa niña, corría por aquella casa grande y solitaria, como abrazaba y recibía al sujeto y la mujer que vio durante la primera visión; sin embargo, no todas las visiones reflejaban momentos agradables.

En algunas de ellas, pudo ver discusiones entre ese hombre y la mujer pelirroja; observó como el sujeto, entró a la casa bajo los terribles efectos del alcohol, con una botella en sus manos y la arrojó al suelo; la joven en esas terribles imágenes vio como el sujeto quebraba los adornos, le gritaba a la mujer e incluso le pegaba.

En otras visiones, pudo observar como el sujeto llegó a maltratar a la niña en presencia de aquella mujer, y esta, intervenía en protección de la pequeña; aun cuando también era maltratada; todo eso resultaba cruel y traumático.

La joven repudiaba esa situación y no comprendía porque tendría que ser testigo de todo aquello; pues, ella en su infancia nunca fue víctima de maltrato infantil, y tampoco presenció escenas de violencia familiar. Su tía Ada, era muy tolerante y amable. Así que Joska al ver esas imágenes, no pudo evitar sentirse mal, experimentó una gran pena y dolor; lamentaba que esa mujer y la niña hubieran sido tratadas de esa forma.

De pronto, las visiones comenzaron a desaparecer y al abrir sus ojos, pudo observar que junto a ella, estaban tanto el hombre como la mujer que vio en aquellas escenas; se sintió algo nerviosa, y manifestó cierto rechazo; sin embargo, ambos se acercaron a ella, la mujer lloró y el sujeto le dijo:

—Claudia, ¡mi niña! Te quiero y me duele tanto esto.

—Te vas a recuperar mi vida, ya lo verás —dijo la mujer, con algunas lágrimas en sus ojos.

Era la segunda vez que la joven pasaba por esa situación, y en esta oportunidad, comprendió que no la estaban confundiendo con Claudia Morales; descubrió que en ese instante: ¡era Claudia! Su corazón se agitó y sus manos temblaban; no obstante, la experiencia duró poco y todo volvió rápidamente a la oscuridad.

La joven muy nerviosa, despertó repentinamente y se encontró en la cama de la habitación del hospital; a su lado estaba el pequeño Angyal profundamente dormido como si nada hubiera sucedido; Joska pudo ver que aún era cerca de la una y media de la madrugada y volvió a cerrar sus ojos para intentar conciliar el sueño; tenía la esperanza de reencontrarse con aquellas visiones reveladoras que habían quedado inconclusas.

Pasó aproximadamente una hora y no podía dormir, y eso comenzaba a preocuparle; internamente se preguntaba: ¿por qué tuve que despertar? De pronto su corazón le respondió en secreto; Joska siguió esa voz interna y comenzó a meditar, relajó sus músculos y dejó de pensar, hasta el punto en el cual, ella y el universo eran solo parte de una misma energía.

Estando así por casi veinte minutos, logró alcanzar el sueño nuevamente, pero esta vez de una forma muy extraña; en ese instante, ella se encontraba consciente y sabía lo que buscaba; pero ¿cómo pudo hacerlo? Parece algo increíble que una persona pueda quedarse dormida y viajar al maravilloso mundo de los sueños, sin entrar en un estado de subconsciencia; no obstante, la respuesta estaba en el interior del corazón de la jovencita, su intuición le guiaba hacia un camino totalmente espiritual, cargado de la sabiduría necesaria para explicar lo que sencillamente para la ciencia e incluso para la humanidad en general, resultaría inexplicable.

La chica esta vez, no se encontró en aquel lugar solitario que habitualmente marcaba el inicio de sus internas revelaciones; simplemente comenzó a presenciar escenas que ahora, le mostraban, una adolescente de 15 años, pelirroja de piel bronceada, estatura media y ojos negros, caminando sola a través de una calle desconocida. Durante esa revelación, pudo observar algo muy importante; aquella jovencita pelirroja fue interceptada por un chico, que la besó y tomó de su mano para caminar a su lado. En ese preciso instante, se percató que el tatuaje en el brazo derecho del chico era el mismo que tenía el sujeto, que intentó besarla en el primer sueño que tuvo.

Ahora, Joska comenzaba a comprender las cosas con mayor claridad, y entendió que ese sujeto de pelo largo y tatuaje en su brazo era el hombre con el cual se iba a casar Claudia Morales, antes de tomar la decisión de suicidarse.

En esa visión, la joven alcanzó a ver que el chico trataba muy bien a Claudia y parecía ser una excelente persona. Ellos caminaron hasta que llegaron a una casa, tocaron la puerta y una señora salió a recibirlos; la feliz pareja de jóvenes entró al lugar y Joska observó que se trataba de un espacio decorado con imágenes de Buda, mándalas en las paredes, y muchos otros objetos que armonizaban el ambiente.

La joven presenció como aquella pelirroja y ese chico del tatuaje, realizaban largas prácticas de meditación, vocalizaban algunos mantras, y alcanzaban un maravilloso y perfecto estado de armonía.

Joska comprendió que en su anterior existencia, también había encontrado el camino a la espiritualidad en su adolescencia. Esto le permitía entender mejor, lo que significaban las recurrencias del destino; no obstante, de ser así: ¿qué representaría el suicidio de Claudia en su actual existencia? Esa era una idea que comenzaba a intrigarle, debido a que ella, era una persona de espíritu fuerte; dispuesta a enfrentar las adversidades con gran valentía, y no se consideraría capaz de realizar una acción así; sin embargo, para Joska el destino era algo muy incierto y desconocido, y todavía le faltaba comprender algo muy importante; tendría que descubrir los errores de sus vidas pasadas, para corregirlos en su actual existencia, y así, comenzar a cerrar el recurrente ciclo de sus karmas.

La chica no quería despertar, deseaba seguir contemplando lo que parecían ser las revelaciones de su futuro; pero, ella solo recibiría del destino, los mensajes necesarios, en los momentos indicados. Repentinamente todo se comenzó a desvanecer y la oscuridad se adueñó de su visión; algunos rayos de luz alcanzaron sus ojos; ella despertó y estaba de vuelta a la realidad.

Eran las 10:30 AM, y el pequeño Angyal, ya había despertado; Joska lo saludó, y el chico casi inmediatamente, le sorprendió con una pregunta:

—¿Dónde estabas?

—Estaba durmiendo Angyal.

—Allá en el cielo, te perdiste y no te pude encontrar.

—¿Cómo dices? —preguntó Joska, algo sorprendida.

—Andabas conmigo en el cielo, pero cuando viste a esa niña, las dos se fueron y tuve que regresar solo.

—¿Tú también viste a Claudia?

—Sí.

—Angyal, ¿tú has visto a Claudia otras veces?

—Sí, pero nunca cuando ella era niña.

—¿Cómo así? No te comprendo Angyal, explícame.

—Cuando yo vi una vez a Claudia, era grande, así como tú, pero ayer la vi cuando era niña, allá en el cielo; estaba sentada en el suelo, no pude ver su cara, y yo quería conocerla y jugar con ella.

—¡Dios! —exclamó Joska sorprendida.

—Tú, ¿viste su cara?

—¿A quién?

—A Claudia cuando era niña —dijo Angyal.

—Sí, Angyal yo pude verla.

—¿Es bonita?

—Sí, lo era Angyal.

—¿Por qué dices era?, ¿ella ya no volverá al cielo?

—No lo sé Angyal, esto es muy extraño: ¿tú eres en realidad un ángel?

El pequeño hizo silencio y se quedó observando a Joska, como si él, estuviera consciente del significado que tenían todas esas palabras; sin embargo, en su inocencia reflejaba una gran imaginación. Por otra parte, la joven en su corazón podía sentir algo muy especial, sabía que Angyal era su principal guía hacia el paraíso.

Estos minutos de reflexión, se interrumpieron cuando llegó una enfermera con la comida, debido a que era la hora del desayuno. Tanto Joska como el pequeño Angyal se alimentaron, y continuaron conversando agradablemente. Joska en esos momentos, decidió no tocar el tema de los sueños. Ella sabía que el destino, muy pronto le enviaría de nuevo a ese maravilloso mundo, en donde podría descubrir todo su pasado, más allá de esta existencia; así que no dudó en esperar que ese tiempo y lugar indicado, simplemente llegara.

El niño se volvió a quedar dormido, y Joska comenzó a releer su libro. En su lectura, detalló como el gran Dante Alighieri describía el purgatorio, desde el sufrimiento consciente y la liberación de los siete pecados capitales, para alcanzar el paraíso. En consecuencia, pudo recordar que Marely le había hablado de la eliminación del Ego, y su importancia en la doctrina espiritual.

Eso representaba una enseñanza universal, que vinculaba las diferentes creencias espirituales, desde un mismo propósito: la eliminación de la naturaleza pecaminosa del hombre; no obstante, aún le faltaba comprender como el infierno, el purgatorio, y el paraíso, podrían encontrarse en un solo lugar, tal como le había indicado el pequeño Angyal, y también, aquellas revelaciones que había recibido en cada uno de sus sueños.

El tiempo pasó y después de la hora del almuerzo, la enfermera le comentó a Joska que tenía visitas. Era la Sra. Horváth y su esposo; ellos pasaron juntos a la recámara, donde se encontraba la jovencita y la saludaron. Joska abrazó a Marely y saludó al Sr. Horváth, mientras estos, le dijeron que eran portadores de una excelente noticia; la chica se mostró muy emocionada y dijo:

—¿En serio? Pero, díganme por favor.

—Joska, hoy en la mañana recibimos la visita del servicio social, y nos informaron que nuestro humilde hogar, cumple con las condiciones requeridas para formar parte del sistema de colocaciones familiares y nos inscribieron para el curso que iniciará el día de mañana —dijo el Sr. Horváth.

—Eso es excelente Sr. Horváth, y realmente no sé cómo agradecerles, tanto a usted, como a la Sra. Marely.

—Joska, no tienes que agradecernos, dentro de muy poco tiempo seremos una familia —expresó Marely.

—Sr. Horváth, ¿cuantos días durará el curso?

—Es un curso sencillo de cinco días; allí nos explicarán sobre el sistema de familias sustitutas, las implicaciones legales, y tomarán en cuenta nuestra disposición de colaborar con el programa de colocaciones familiares.

—Es muy bueno y me hace muy feliz la noticia.

—Querida Joska, lo sé, pero ¿te siento muy extraña? —preguntó la Sra. Horváth.

—¿Extraña? No le comprendo Sra. Marely.

—Si Joska, siento que dentro de tu corazón hay algo que realmente te inquieta.

—Deben ser los días en el hospital, pero estaré bien Sra. Marely.

—Jovencita, puedes confiar en nosotros, ¿cuéntanos que te pasa?

—Está bien Sra. Marely, pero no sé cómo explicarlo.

—¿Qué sucede? ¿Es algo grave? —preguntó el Sr. Horváth.

—No es grave Sr. Horváth, y creo que es algo realmente bueno, aunque a veces, me asusta un poco; tal vez, no pueda contarles todo lo que me está sucediendo internamente, pero desde que llegué al hospital he tenido sueños muy extraños; en ellos, soy otra persona, viviendo en otra existencia; y sé que es algo difícil de creer, no me gustaría entrar en detalles; sin embargo, sentí la necesidad de comunicarles todo esto que me ha pasado.

—Tranquila Joska, todo estará bien; sabes que somos personas que creemos en la espiritualidad y te apoyaremos siempre —dijo el Sr. Horváth.

—Eso es muy cierto Joska, y por los detalles, no te preocupes, eso forma parte de tu privacidad y no estas obligada a compartirlo si no lo deseas, pero siempre contarás con nosotros; también quiero decirte que confíes en tu intuición, debes pedirle a tu corazón que te muestre el camino a la sabiduría —dijo Marely.

—Así lo haré Sra. Marely.

—También puedes poner en práctica un ejercicio espiritual muy importante, que aprendí de un monje en el Tíbet, el cual te enseñaré ahora mismo; se trata del mantra: *"Om Mani Padme Hum"* —dijo la Sra. Horváth.

—¿En serio?, ¡me encantaría saber cómo hacerlo!

—Te explicaré Joska —dijo Marely, y comenzó a contarle—: Joska, cuando realicé ese maravilloso viaje al Tíbet, pude aprender muchas cosas; una de ellas, fue este maravilloso mantra, que era vocalizado por los monjes del templo, ochenta veces en la mañana.

—¡Ochenta veces! —exclamó la joven asombrada.

—Si Joska, ese es un verdadero ejemplo de voluntad, pero te seguiré contando: verás, *Om Mani Padme Hum*; es el principal mantra sagrado del budismo tibetano; y la vocalización de este, permite invocar energías capaces de purificar y transmutar las emociones y sentimientos; con el fin de alcanzar la ecuanimidad, sabiduría del vacío e iluminación.

—¡Dios! Eso es realmente increíble Sra. Marely, pero ¿se tiene que hacer ochenta veces? —preguntó Joska.

—No jovencita; verás, el camino del monje es realmente exigente y se debe seguir con mucha fortaleza, voluntad y abnegación; sin embargo, tu podrías vocalizar o pronunciar esa frase, solo siete veces al despertar, y antes de dormir; sé que eso te ayudará a reencontrarte con tu Ser —dijo la Sra. Horváth.

—Está bien Sra. Marely, así lo haré.

La joven Joska recibía en ese preciso instante, una de las claves del destino para reencontrarse con su propio Ser. Aun cuando ella estaba en el hospital, apartada de las clases de meditación, la vida le había hecho llegar a ese lugar una frase milagrosa, el sagrado mantra: *¡Om Mani Padme Hum!*, y eso, era un gran acontecimiento; pues, marcaría el inicio de su propio despertar espiritual.

Esa tarde, transcurrió entre conversaciones amigables y enseñanzas maravillosas. Ahora, solo faltaba esperar que todo llegara en el lugar y momento indicado.

Joska estaba completamente segura que al llegar la noche, ella podría viajar nuevamente al maravilloso mundo de los sueños, y encontrarse con su propia historia personal, mucho más allá de esta vida.

La hora de visitas del hospital finalizó y tanto Marely como su esposo, se despidieron de la jovencita y se marcharon a casa; al cabo de un rato, el pequeño Angyal despertó de su largo sueño, Joska comenzó a conversar con él, hasta que llegó una enfermera con la cena; tanto ella como su pequeño acompañante, se alimentaron y después de eso retomaron la conversación que había quedado inconclusa.

La joven le contó que había recibido la visita de Marely y Zsiga, intentando recordarle al pequeño, quienes eran esas personas, y le sorprendió que el chico, recordara perfectamente a la señora y señor Horváth; incluso, le preguntó a Joska si en esa ocasión también había llegado el Sr. Oláh, y la joven contestó:

—No Angyal, solo vino la Sra. Marely y el Sr. Horváth.

—¡Pero el Sr. Oláh vendrá! —exclamó el chico.

—No lo sé Angyal, pero ¿tú quieres que venga nuevamente a visitarnos el Sr. Oláh?

—¡El vendrá! —dijo el chico, ahora con mayor seguridad.

La joven Joska hizo silencio y se percató que el niño no le estaba preguntando si el Sr. Oláh, vendría a visitarlos; ella comprendió que Angyal tenía plena seguridad, sobre lo que había afirmado; así que decidió preguntarle:

—¿Por qué dices eso Angyal?

—Lo escuché hoy en el cielo.

—¿En serio? —preguntó Joska, muy asombrada.

—Sí, y te traerá una gran sorpresa.

—Angyal cuéntame con detalles.

—Es que solo escuché eso. —dijo el niño, algo triste.

—¿Por qué estas triste Angyal?

—Es que yo, me iré cuando venga el Sr. Oláh.

—No te comprendo, ¿a dónde irás?

—¡Al cielo!

—No Angyal, yo le diré a la enfermera que te despierte, cuando él nos visite nuevamente; ¡lo prometo!

—Gracias —dijo el niño, y entró en un profundo silencio.

La joven intentó seguir conversando con el chico, pero al ver que este, parecía estar muy deprimido, se levantó y caminó hasta su cama. En ese momento le tomó de la mano y comenzó a decirle algunas palabras con la intensión de motivarlo.

Era la primera vez que Angyal, se mostraba triste; pues él, a pesar de su enfermedad siempre era muy optimista. Finalmente, el pequeño, se tranquilizó al escuchar la dulce voz de la jovencita, y se volvió a quedar dormido.

Joska regresó a su cama, se acostó y comenzó a vocalizar en voz muy suave el mantra: *Om Mani Padme Hum*. Después de eso, comenzó a meditar, y llegó a sentir como su cuerpo parecía flotar entre las nubes.

La joven poco a poco fue cruzando el umbral que comunicaba el plano físico, con el maravilloso mundo de los sueños, y se encontró en aquel lugar triste y solitario; justo al frente, estaba la majestuosa entrada, a un posible mundo desconocido. De pronto, pudo observar que el pequeño Angyal; ¡corrió hacia ella!, Joska se acercó a él, y le dijo:

—Angyal me alegra mucho que estés aquí.

—A mí también me hace feliz verte en el cielo, porque podemos caminar juntos.

—Lo sé —contestó Joska con una sonrisa en su rostro.

—¿Me puedes cantar tu canción? —dijo Angyal.

—¿Cual canción? —preguntó Joska.

—*Om... Mani... Padme... Hum...* —respondió Angyal, cantando el mantra que había vocalizado la joven antes de comenzar la meditación.

—Pensé que estabas dormido Angyal.

—Yo estaba en el cielo, pero aquí se escuchaba perfectamente tu voz.

La joven hizo silenció y no podía creer, que ese mantra hubiese llegado a cruzar el umbral que comunicaba su mundo con otra dimensión; sin embargo, no dio mucha importancia y comenzó a vocalizar nuevamente el mantra en compañía de Angyal:

—*¡Om... Mani... Padme... Hum! ¡Om... Mani... Padme... Hum! ¡Om... Mani... Padme... Hum!*

Cuando terminó de vocalizar el mantra por tercera vez, sintió que todo daba vueltas y comenzaba a desvanecerse. En esta ocasión no estaba presente ni el silencio, ni la oscuridad; pudo ver una luz muy fuerte que segaba su visión y producía un ligero ardor en todo su cuerpo; su corazón palpitaba lentamente, pero a la vez con fuerza, y en poco tiempo, de nuevo estaba allí; en ese mundo maravilloso que ahora le revelaría la verdad que ella, tanto anhelaba conocer.

XII

La jovencita en esta oportunidad, se encontró acostada en la cama de una habitación muy grande y rodeada de lujos; sin embargo, su estado de ánimo era extraño. Ella sentía una profunda tristeza que le imposibilitaba levantarse, pero a la vez, en el interior de su corazón había una voz que le decía; ¡este es el camino!, con total convicción, comenzaba a creer inmensamente en su intuición; aun cuando, en ese momento, también experimentaba sensaciones y sentimientos que resultaban totalmente contradictorios.

En su interior estaba presente una energía de vitalidad, pero sentía que no había descansado lo suficiente; una rara sensación en su cabeza, le hacía experimentar una ligera vibración en los oídos, escalofríos y hormigueos; además de una severa presión en la coronilla de su cráneo.

De pronto, algunos pensamientos cruzaron por su mente, escuchaba en el interior de su Ser; voces que le recordaban frases muy inspiradoras, y esto hizo que su ánimo cambiara en cuestión de segundos. Ahora estaba profundamente feliz, y no podía explicarse a sí misma, el porqué de sus repentinos cambios emocionales.

Se levantó de la cama, caminó por el interior de la recámara, abrió la ventana y contempló el maravilloso paisaje; desde allí, se podía observar el mar, y sintió en ese preciso instante la cálida brisa del mediterráneo cuando rosaba su rostro; era una dulce caricia de la naturaleza y uno de los encantadores reflejos de la vida. La belleza de la provincia andaluz de Málaga impactó su mirada y cautivó su corazón.

En ese momento mágico, una hermosa frase salió de su corazón y se alojó en la voz de sus pensamientos, susurrando en su interior:

La vida es como las olas del mar,

vienen y van de un extremo al otro,

pero al final, la tierra ha de alcanzar.

Sin importar la intensidad

y la fuerza que viene de mar adentro,

el destino desvanece el azar.

La imponente verdad que suele llegar,

cuando todo lo existente en el universo,

simplemente encuentra su momento.

Ese instante de creatividad e inspiración, le resultó muy motivador, su alma sintió una inmensa alegría, y esto le hizo despertar. De nuevo, ella volvió a la realidad, dejó de observar el hermoso paisaje, y al intentar buscar una respuesta, tomó la decisión de salir de la habitación.

Abrió la puerta y caminó algunos pasos fuera de la recámara, hasta que pudo ver el pasillo y la escalera, por la cual cayó, durante el sueño que anteriormente había tenido. Esta vez, logró bajar sin ningún percance y en la sala de la casa, se encontraba sentada sobre un lujoso mueble; una mujer que aparentaba tener algo más de 45 años, pelirroja de piel bronceada, y lindos ojos café.

En ese instante, la joven aun sin saber que esa dama, era la Sra. Gloria de Morales, dijo:

—¿Dónde estoy?

—¡Claudia hija!, tranquila estas en casa mi vida; ¿te sientes bien? —expresó la mujer—. Luego rompió en llanto, corrió y la abrazó.

La joven en este punto de su revelación comenzó a darse cuenta que había dejado de ser Joska, ahora era Claudia Morales, y estaba consciente de ello; sin embargo, esto no le hizo perder la naturalidad, simplemente se dejó llevar por los acontecimientos y contestó:

—Sí, me siento bien, pero ¿qué me pasó?

—Hija mía, durante estas dos semanas, has actuado de una forma extraña; tu estado de ánimo ha sido muy cambiante, por momentos pareces estar feliz, pero hay veces que entras en una profunda depresión. Desde ayer estuviste muy triste, y eso me tenía muy preocupada; por favor, ¿dime que te sucede Claudia?

—Madre, en realidad no lo sé, y no le encuentro una explicación —dijo Claudia, y repentinamente se desmayó.

En esta ocasión, la joven había entrado en la segunda fase de sus importantes revelaciones; ya no podía sentir a plenitud, las vivencias de sus existencias pasadas; y los recuerdos comenzaron a mostrarse, como si ella estuviera observando una película de su propia vida; no obstante, era gracias a esto, que ella finalmente podía comprender las cosas con total claridad.

El destino en sus profundas revelaciones se mostraba con gran sabiduría; primero le hacía sentir a la jovencita durante un corto tiempo, como había sido su pasado, y le permitía vivirlo desde su propia visión personal; después, le mostraba todo con gran profundidad y de manera omnisciente; gracias a esto, ella podía comprender el inmenso significado de sus sueños y reconstruir la historia de sus vidas pasadas, desde la mirada consciente de su propio Ser.

La joven esta vez, pudo ver a Claudia caminando a la orilla de una hermosa playa, a escasos metros del imponente mar; en su rostro, se dibujaba una gran sonrisa y era notorio que se encontraba feliz; pero en ese momento y sin que se interrumpiera la visión, pudo verla soltar una lágrima que comenzó a recorrer todo su rostro aparentemente sin motivo.

Seguidamente la vio sentarse en la arena y contemplar la llegada de las olas, al tiempo en que secaba sus lágrimas y de nuevo sonreía; las personas miraban a Claudia de una forma extraña. De pronto, una señora se le acercó, y dijo:

—Disculpa, ¿te sucede algo?

—Sí, el mar es hermoso, y recuerdo muchas cosas lindas, momentos inolvidables y sentimientos muy gratos, pero también, siento que tengo que desprenderme de ellos.

—¡No te comprendo! —contestó la mujer.

—Señora, en realidad me siento feliz, pero hay momentos en los cuales me da mucha nostalgia, y por ello, no puedo evitar llorar; siento que me estoy desprendiendo de algo a lo que estuve aferrada toda mi vida, y aun, cuando sé que esa despedida es necesaria, no puedo evitar sentir un gran pesar.

—¿Se trata de un amor?, si es así, te comprendo.

—No señora, mi novio me ama, y yo también lo amo inmensamente; es algo aun mayor; ¡es la vida!, pero no se preocupe estaré bien.

La señora al ver que la chica, solo deseaba liberarse de algunas emociones, simplemente se despidió y se marchó.

Esos instantes pasaron y Claudia recuperó el estado de ánimo casi de forma instantánea; se levantó y se retiró del lugar, salió de la playa y caminó al final de una calle muy pintoresca con destino a una hermosa colina que bordeaba el inmenso mar. Entre la gente, Claudia sonreía y caminaba con total tranquilidad.

Después de eso, llegó a una hermosa casa con un jardín enorme, situada en una colina con una maravillosa vista; entró a la sala y posteriormente, subió hasta su habitación. Estando allí, se despojó de las sandalias que cubrían sus delicados pies, y se acostó en su cama, pero repentinamente comenzó a llorar de forma descontrolada. La Sra. Gloria pasó a la habitación de Claudia muy preocupada, la abrazó y le preguntó:

—¡Claudia hija! ¿Qué te pasó?

—Madre, no lo sé, todo esto es muy difícil de explicar. Desde hace un par de semanas, he comenzado a sentirme de una forma extraña; por momentos, siento una gran felicidad que brota del fondo de mi corazón, pero seguidamente experimento un intenso sentimiento de soledad. Por otra parte, mi sensibilidad ha crecido en todos los sentidos, puedo oír la voz de mi corazón con mucha claridad, e incluso en ocasiones, presiento la existencia de algo sobrenatural a mi alrededor.

—¡Me estás asustando hija!

—Puedes estar tranquila, estaré bien; ¡te lo prometo mamá! —dijo Claudia.

En ese momento, Claudia no comprendía todo aquello que le estaba sucediendo; sus emociones se encontraban al límite, y sus sentidos podían percibir detalles, que para el común de las personas, resultarían imperceptibles. De pronto, la presión en la coronilla de su cráneo se hizo más intensa y comenzó a sentir dolor en todos los huesos de su cuerpo.

El malestar continuaba y Claudia estaba desesperada; los dolores se comenzaron a incrementar, la vibración en sus oídos también era mucho más fuerte ahora; sin embargo, aun experimentaba esa extraña sensación que le hacía sentir la presencia de una gran energía en su interior.

El tiempo pasó y Claudia pudo escuchar una voz muy suave y delicada que le susurraba al oído:

—¡No temas Myriam! Simplemente camina sin mirar las sombras de tu pasado.

—¿Quién eres? ¿Quién es Myriam? —preguntó Claudia.

—La vida no siempre es bella, pero es real; ¡no te pierdas la realidad de la vida! Todo está aquí.

—¡No comprendo nada! ¿Quién eres?

—No intentes comprender, lo que puedes sentir con el corazón.

Claudia seguidamente comenzó a llorar; pues, no entendía lo que estaba sucediendo, y esa voz, cesó; no obstante, algo había cambiado esta vez en su interior, aun cuando ella por un instante lo ignoró; la vibración en los oídos se detuvo, y la presión en la coronilla de su cráneo también; pero de pronto, todo en su entorno se iluminó, una luz muy fuerte se situó sobre su cabeza, y pudo sentir una fuerza que salía de las palmas de sus manos.

A Claudia, todo eso le resultó muy extraño. En ese instante, trató de juntar las palmas una con la otra, pero no lo consiguió; simplemente pudo sentir un fuerte magnetismo, tal como si estuviera sujetando algo invisible entre sus manos.

Los dolores en sus huesos también habían desaparecido y sus emociones, reflejaban un estado maravilloso de felicidad; algo que sencillamente estaba más allá de lo físico, no podía pensar, pero una voz que provenía de su interior se exteriorizó y nuevamente escuchó esa frase:

—¡No temas Myriam! Simplemente camina sin mirar las sombras de tu pasado.

—¿Quién es Myriam? —dijo Claudia.

—¡Ella es lo que fue, y siempre será! Es la esencia manifestada en el sutil brillo de tu luz; el pasado, presente y futuro de tu realidad; pero lo verdaderamente importante, no es todo eso, sino aquello que nunca dejará de ser.

—¡Cada vez entiendo menos! —exclamó nuevamente Claudia.

—Entonces, ¡debes sentir aún más!, para poder comprender con el corazón. Esas palabras tienen la sabiduría de tu alma, y son tan grandes como la historia de tu Ser; por ello, es imposible albergarlas en un lugar tan pequeño como el mundo de la razón.

—Pero de ser así, ¿cuándo comprenderé lo que me está sucediendo?

—Tu Ser, te hará comprender la verdad mucho más allá de esta vida, pero finalmente el momento llegará; aun cuando te niegues a ver con el corazón, el destino y su conspiración, te recordará que la vida está influenciada por el reflejo de las acciones del pasado; pero si comprendes que eres capaz de cambiar el presente; también descubrirás que eres autora de tu destino. ¡No tengas miedo! Simplemente camina sin mirar las sombras de tu pasado, y déjate llevar por la magia de tu corazón. Solo así, descubrirás que la vida no siempre es bella, pero es real; ¡no te pierdas la realidad de la vida! Todo está aquí.

Claudia en ese instante, comprendió el sublime mensaje, que le había revelado la voz de su propio Ser. Ella hizo silencio y todo era maravilloso; un inexplicable sentimiento, le mostró el rostro invisible de la felicidad.

Después de eso, volvió a su realidad, volteó hacia el extremo derecho de su cama y abrió la gaveta que se encontraba bajo la mesa de noche, y sacó de esta, su diario; seguidamente, en él, comenzó a escribir las hermosas frases, y sabias palabras que había recibido de su propio Ser.

Todo en ese momento era mágico, y por instantes llegó a pensar que había encontrado la felicidad absoluta y permanente; sin embargo, esto no era así de fácil, su camino apenas había iniciado; y ella, aun tendría que trabajar mucho en el presente, para borrar definiti-vamente, la reminiscencia de los errores cometidos en sus innumerables existencias. Además de comprender que en sus acciones actuales, se encontraba la clave para reinventar su destino, tal como su Ser, le había recordado en esa inspiradora frase que decía: *"La vida está influenciada por el reflejo de las acciones del pasado; pero si comprendes que eres capaz de cambiar el presente; también descubrirás que eres autora de tu destino".*

De pronto, Claudia comenzó a experimentar nuevamente aquella fuerte presión en el centro de su cráneo, y la vibración en sus oídos regresó. Ella al principio se sintió algo frustrada, y no alcanzaba a entender el motivo real de esas sensaciones; no obstante, la tristeza que ahora sentía no guardaba relación con ningún estado depresivo.

Este profundo sentimiento, era una de las claves que le permitiría comprender más allá de esta vida, todo lo que debía sacrificar para construir su camino a la felicidad.

En ese instante, Claudia pudo recordar los mejores momentos de su vida, muchas imágenes se recrearon en su mente, y comprendió que su felicidad, estaba orientada al camino de la espiritualidad.

Ella observó, en sus pensamientos algunos detalles maravillosos, y una imagen inolvidable le permitió dibujar una sonrisa en su rostro. Claudia reconstruyó los acontecimientos de aquel día, en que conoció a su verdadero amor.

Durante algunos minutos, Claudia recordó con detalles, aquella mañana de verano, en la cual un joven de 15 años, delgado, de piel blanca, cabello algo largo, y apariencia un poco extravagante con algunos tatuajes en sus brazos, se encontraba a la orilla del mar, sentado en posición de meditación con sus ojos cerrados; mientras ella, no pudo evitar sentirse identificada y lo miró con agrado. Pero, sus padres al verlo, simplemente lo juzgaron por su apariencia, y comenzaron a emitir grandes críticas.

Algunas horas después, Claudia buscó al joven y conversaron. Aun sin saber que ese día, había encontrado al amor de su vida; él, era un valioso joven llamado Mateus, con muchas virtudes nobles que se ocultaban en el interior de esa apariencia algo extravagante.

Entre visiones y recuerdos de un pasado lejano, el tiempo transcurrió, y esta vez, todo comenzó a vibrar, al mismo momento en que las imágenes se desvanecían; una hermosa y radiante luz blanca, cubrió por completó la visión de la jovencita, mientras ella, simplemente observaba aquellos encantadores reflejos de su pasado, a través de la vida de Claudia Morales.

La joven Joska, ¡despertó! Nuevamente se encontró en la cama del hospital. El tiempo había avanzado enormemente y ya era mediodía.

En ese momento llegó la enfermera con el almuerzo. Joska y el pequeño Angyal comenzaron a disfrutar de los alimentos; una hora más tarde la enfermera regresó para retirar las bandejas del servicio del comedor, e informarle a la chica que tenía visitas.

La Sra. Horváth entró a la habitación del hospital, y Joska se alegró mucho al verla; sin embargo, el pequeño Angyal, esta vez, no tendría el placer de compartir con ellas, debido a que se quedó profundamente dormido, en solo cuestión de minutos.

La jovencita saludó amablemente a Marely, y de inmediato comenzaron a conversar.

En esta oportunidad, la Sra. Horváth era portadora de excelentes noticias. Tanto ella como su esposo, habían iniciado el curso que les permitiría incorporarse al servicio de colocaciones familiares, y esto comenzaba a sembrar en el corazón de Joska, la esperanza de compartir con su nueva familia la llegada de la Navidad.

Por otra parte, Joska le comentó a la Sra. Horváth que la noche anterior, había puesto en práctica el maravilloso mantra: *Om Mani Padme Hum*; y Marely en ese instante le dijo:

—¡Eso es excelente Joska!, me alegra mucho saber que todo eso te hace sentir bien.

—Sí, Sra. Marely; en realidad, para mí fue una experiencia inolvidable, ya que, gracias a ello tuve un hermoso y revelador sueño.

—¿En serio? ¿Me lo podrías contar?

—Por supuesto Sra. Marely —afirmó Joska, y dijo—: Anoche antes de dormir, comencé a vocalizar el mantra; *Om Mani Padme Hum,* y durante ese tiempo me quedé profundamente dormida; no obstante, volví a soñar con el pequeño Angyal. En esta ocasión, el chico me pidió que le cantara el mantra, pero todo eso, era muy extraño. Durante el sueño, recuerdo que estaba consciente de muchas cosas, incluso en ese momento, pude recordar que Angyal siempre estuvo dormido cuando yo comencé a meditar.

—Pero, no te comprendo Joska, ¿me quieres decir que durante el sueño estabas totalmente consciente?

—Así es Sra. Marely.

—¡Dios! Es que me parece sorprendente.

—Pero le estoy hablando en serio Sra. Marely.

—Sí, Joska y te creo, lo que sucede, es que estás experimentando algo que resulta muy difícil de alcanzar en el mundo de la espiritualidad; ese estado de plena conciencia durante los sueños es lo que se conoce como: desdoblamiento astral, y es una cualidad que muchas personas intentan desarrollar, pero sencillamente les resulta imposible. De hecho, en mi caso tuve una experiencia muy corta, pero resultó maravillosa.

—¿En serio Sra. Marely?

—¡Por supuesto Joska! Comentó Marely, y continúo la explicación—: Verás Joska, en mi caso pasé años meditando y vocalizando muchos mantras, y logré experimentar un corto, pero maravilloso viaje al mundo astral de forma consciente, y sencillamente es algo indescriptible. Realmente esa experiencia es única, y creo que cualquier persona desearía experimentarlo al menos una sola vez en su vida.

—Sra. Marely, me alegra que pueda entender lo que me está sucediendo. Le seguiré contando lo que me pasó: durante el sueño, vocalicé el mantra: *Om Mani Padme Hum*, tres veces seguidas; pero de pronto, todo se comenzó a desvanecer, una fuerte luz blanca cegaba mis ojos, y pude sentir como ardía mi piel, hasta que finalmente, me encontré viviendo una experiencia extraña, pero a la vez, muy gratificante.

—¡Qué bien! Y ¿cuál fue esa experiencia? ¿Puedes contarme?

—Claro Sra. Marely, le contaré: al principio, me encontré viviendo una existencia distinta, tal vez, pienso que pudo ser una de mis vidas pasadas. En ella, experimenté sensaciones y sentimientos muy extraños; mi estado de ánimo cambiaba con mucha facilidad, por segundos me encontraba triste, pero repentinamente sentía una profunda alegría, y todo eso era contradictorio. Por otra parte, a mi mente llegaban grandes pensamientos, frases y poesías que me hacían sentir una gran creatividad.

—¡Eso es realmente maravilloso!

—Pero eso no fue todo Sra. Marely. También experimenté una gran presión en la coronilla de mi cráneo, una molesta vibración en mis oídos, escalofríos, y presentía que algo sobrenatural me observaba, por segundos me llegué a sentir triste, como si me estuviera despidiendo de algo a lo que estaba muy aferrada, pero no sé lo que es; y todo eso, resultó muy extraño para mí.

—Desde lo más profundo de mi corazón, quisiera poder decirte todo lo que te está pasando, pero ¡no debo hacerlo! Joska escucha tu corazón, en él, encontrarás la sabiduría. Mi esposo y yo, te cuidaremos y protegeremos siempre, ¡lo juro en la memoria de mi hija! —contestó Marely.

—No le comprendo, ¿por qué me dice todas esas cosas?

—En su debido momento lo entenderás Joska, ¡te lo aseguro!

En ese instante, la jovencita no comprendía las cosas que Marely había dicho; pero tenía muy claro, que ella si sabía el significado de ese gran sueño; sin embargo, Joska no se impacientó, y decidió esperar; sabía que las cosas llegarían a su debido tiempo; pero de pronto, una idea pasó rápidamente por su cabeza, y dijo:

—Sra. Marely, ¿puedo pedirle algo?

—Sí, ¡pide lo que quieras! —contestó Marely.

—Me gustaría comenzar a escribir un diario, y así, poder anotar en él, cada una de mis experiencias, sueños y todas aquellas frases y pensamientos inspiradores.

—Está bien Joska, lo compraré al salir de aquí, y regresaré. Sé que no me dejaran entrar nuevamente, pero le diré a la enfermera que te lo entregue.

—Muchas gracias, Sra. Marely.

—No tienes que agradecerme, siempre estaré allí, y podrás contar conmigo.

—¡Hasta pronto Joska!

—Hasta pronto Sra. Marely.

La joven Joska se sintió muy a gusto, al saber que la Sra. Horváth, le haría llegar el diario, en el cual comenzaría a escribir todas aquellas experiencias que había tenido en el hospital; sentía una inmensa necesidad de anotar cada detalle, y poder conservar sus increíbles revelaciones, más allá de la memoria.

Durante esa tarde, el tiempo comenzó a correr y mientras Joska, simplemente pensaba en el sueño que tuvo la noche anterior, Marely salió del hospital con mucha prisa.

La Sra. Horváth, caminó a lo largo de la calle y preguntó a las personas, si había alguna librería en las adyacencias del lugar. De pronto, una señora se le acercó y dijo:

—Le escuché decir que busca una librería, ¿es cierto?

—Si Señora, ¿me podría indicar si hay alguna librería cerca de aquí?

—Sí, solo debe caminar dos cuadras hacia la parada de autobuses, y al cruzar en esa esquina a la derecha, encontrará una librería.

—Muchas gracias.

—A la orden.

La Sra. Horváth caminó apresuradamente hacia la parada de autobuses, y cruzó a la derecha, tal como le habían indicado. Finalmente pudo ver la librería, pero esta se encontraba a punto de cerrar; ella corrió y le gritó al dueño de aquel negocio:

—¡Señor, por favor espere un momento!

—¿Puedo ayudarle en algo señora? —contestó el sujeto.

—¡Si, por favor! Estoy buscando un diario, es un regalo que debo hacerle a una amiga que se encuentra hospitalizada a dos cuadras de aquí. Es muy importante para mí: ¿puede ayudarme?

—Le comprendo, buscaré el diario que necesita, y después cerraré la tienda.

—Gracias señor, es usted muy amable.

El dueño del local fue al interior de su negocio, buscó el diario, lo envolvió en papel para regalos, y lo entregó a la Sra. Horváth. Ella le agradeció el gesto, le pagó cincuenta florines húngaros, y de forma inmediata corrió hacia el hospital, donde Joska se encontraba muy ansiosa a la espera del anhelado regalo que recibiría de Marely en esa oportunidad.

XIII

Eran cerca de las siete de la noche y la Sra. Horváth, llegó nuevamente al hospital. En ese momento, el encargado de seguridad del centro asistencial le informó que las horas de visitas habían culminado y debería volver al día siguiente; pero Marely, le explicó que ella, simplemente quería hacerle llegar un regalo a una paciente; el sujeto recibió el paquete, y dijo:

—Entiendo y le ayudaré, pero debe decirme el nombre completo de la paciente, el número de la habitación donde se encuentra y los datos del remitente.

—Mi nombre es Marely de Horváth, y la paciente se llama Joska Viktória Levenson, ella está en la habitación número 112.

El sujeto inmediatamente le envió el obsequio a la jovencita con una de las enfermeras de guardia, y Marely salió muy a prisa.

Ya eran las 7:00 PM, las calles se encontraban heladas por el fuerte clima; sin embargo, para su bien, no estaba nevando en ese preciso instante; así que tomó un taxi que se encontraba al frente del hospital y se marchó a su casa. Mientras tanto, una enfermera entró a la recámara donde se encontraba la chica, y le preguntó:

—Jovencita, ¿tu nombre es Joska Viktória Levenson?

—Sí, enfermera, soy yo.

—La Sra. Marely Horváth, te ha enviado este regalo.

—¡Gracias enfermera! —exclamó Joska, muy emocionada.

—Por nada jovencita, ¡que disfrutes tu regalo!

La enfermera se retiró de la habitación y Joska compartió su alegría con el pequeño Angyal, quien ya había despertado de su largo sueño. El niño en ese instante le dijo a Joska con gran curiosidad:

—Ábrelo y cuéntame, ¿qué te trajeron?

—Está bien Angyal, ¡lo abriré ahora mismo! Pero ya se lo que hay dentro de este obsequio, así que para mí no será una sorpresa.

—¿Cómo lo sabes? ¡Ese regalo está cerrado! ¿tú puedes ver el futuro?

—No Angyal, no puedo ver el futuro, solamente es algo que yo misma le pedí a la Sra. Marely.

—¿Sabías que Claudia, puede ver el futuro?

—¿Cómo dices? ¿Quién te dijo eso? —preguntó Joska, ¡totalmente asombrada!

—Sí, cuando le di el mensaje, ella me preguntó lo mismo que tú; yo le conté que un señor, me dijo: *"si le das el mensaje a Claudia, Joska y María, ya no tendrás más cáncer"*; pero en ese momento, me respondió: gracias Angyal, sé que les darás el mensaje también a ellas, y Joska será una gran amiga para ti.

—¡Dios! Cuéntame, ¿ella alguna vez, te mencionó el nombre de Myriam?

—Sí, ese mismo día, ella me contó que todo esto terminaría, y yo iba a tener una mamá llamada Myriam, pero dijo algo que yo no entendí.

—¿Que fue lo que no pudiste comprender?

—Ella me dijo: Myriam, se llamará Sussy, ¡al principio! Pero eso, cambiará cuando el universo le haga entender que siempre será Myriam.

La jovencita estaba impactada por todas esas respuestas que había recibido del pequeño Angyal. Evidentemente, la sabiduría siempre toca a la puerta en los instantes más idóneos, aunque estos puedan parecernos irrelevantes. Algo tan simple como escribir un diario o compartir aquellos momentos de alegría con un niño enfermo de cáncer; puede convertirse en la experiencia más importante de vuestras vidas; sin embargo, está en el interior de cada Ser, aceptar que los pequeños detalles, traen consigo grandes enseñanzas.

La joven Joska abrió el regalo, le mostró el diario al pequeño Angyal y le contó que allí, escribiría sus sueños, pensamientos y todas sus experiencias de vida; a lo que el niño preguntó:

—¿Necesitas escribir todo lo que haces?; ¿por qué?; ¿se te olvidan las cosas que hiciste?

—No Angyal, yo estoy bien de la memoria, pero hay cosas que me gustaría tenerlas anotadas para poder recordarlas en el futuro.

El niño sonrió con agrado, mientras Joska continúo conversando con él por algunos minutos. La hora de la cena había llegado y una enfermera trajo la comida. Ellos comenzaron a disfrutar de los alimentos; al finalizar la cena, el pequeño le preguntó a la chica:

—Y en ese diario, ¿escribirás también las cosas que has visto en el cielo?

—Si Angyal, eso es lo primero que escribiré.

—Me gusta mucho estar en el cielo, ¡quisiera irme a ese lugar y no tener que regresar!

—¡Dios! Angyal. ¡No! No te puedes dejar vencer, la vida es muy linda y muchas personas te quieren.

—Sí, lo sé, pero ¡el día se acerca!

—¿Qué día Angyal?

—¡El día de ir a buscar a María!

La chica hizo silencio, y comprendió de inmediato que el niño, no hablaba desde la desesperación que le producía la enfermedad; él estaba claro de su camino, y del sacrificio que enfrentaría para superar el recurrente pasado de sus karmas.

Al principio, Joska se sintió mal, cuando Angyal le contó que pronto partiría más allá de este mundo, y eso era completamente razonable; no obstante, la razón en algunas ocasiones solo muestra las verdades desde una óptica humanamente limitada. Lo que para algunas personas puede ser algo oscuro y cruel, para otros, solo representa la sublime visión de un camino que conduce a una nueva realidad.

Angyal a su corta edad, solía hablar del cielo y de su misión, como si conociera perfectamente el día y la hora, en la cual partiría de manera definitiva al mundo de lo desconocido; y eso, simplemente era algo; que para el común de la humanidad, escapa de los límites impuestos por la razón.

Muchas personas hablan del motivo de su existencia en este mundo, pero temen hablar de la muerte, e ignoran que esta, no es otra cosa que la continuidad de la vida más allá de sus propias fronteras.

Entonces, valdría la pena preguntarse: si el pequeño Angyal, ¿realmente hablaba con plena sabiduría?, o simplemente, ¿pensaba en continuar su misión en otra vida para no perder la esperanza? La respuesta no era fácil de contestar, pero tarde o temprano; sería Joska quien descubriría el secreto de esta interrogante.

En esta oportunidad, las cartas estaban sobre la mesa, y el destino había realizado la jugada maestra.

La chica en el hospital regresó de sus pensamientos, para enfrentar la realidad, mientras que el pequeño Angyal, se había quedado profundamente dormido. Comenzó a escribir en su diario, todo lo que pudo recordar del primer día que llegó al hospital, incluyendo el maravilloso sueño, en el cual el pequeño Angyal le mostró aquel oculto mundo.

De pronto, la enfermera entró a la habitación, le indicó a Joska que era tarde y debía apagar la luz. La jovencita, dejó de escribir, e inmediatamente se acostó, aquietó su mente, vocalizó tres veces el mantra: *Om Mani Padme Hum*, y emprendió nuevamente su viaje a lo desconocido.

Por sexta vez, experimentó su viaje a través del umbral que comunicaba el mundo real con el plano astral. En ese instante, su visión fue cegada por una intensa luz, y el ardor que recorría cada centímetro de su piel, le hizo perder la sensibilidad por completo.

Ella abrió sus ojos y se encontró acostada nuevamente en aquella lujosa habitación; sin embargo, en esta oportunidad, la recámara parecía ser una prisión para su alma. Una ostentosa cama y un refinado closet repleto de vestidos de moda, los cuales, en algún momento de su vida, le hicieron experimentar satisfacción, ahora simplemente eran objetos frívolos y de escaso significado.

Se levantó de la cama y caminó hasta la ventana; observó el mar y se dijo así misma: —parece tan irreal; poseo tantas cosas y en realidad siento que nada tengo. Solamente el mar y la libertad, pueden hacerme feliz: ¡te necesito Mateus!—. Pero, en ese momento, se preguntó: ¿Por qué, he nombrado a quien fue el novio de Claudia? Inmediatamente, su corazón: ¡habló! Joska, de inmediato comprendió que ella, ¡era Claudia! Seguidamente, intentó recordar su vida, sin esperar que las visiones cambiaran, tal y como solía darse siempre.

En esta ocasión, pudo revivir cientos de momentos que le hicieron saber, cómo había sido su vida; su fascinante romance con Mateus, el día que conoció el mundo de la espiritualidad, y lo más importante, cuando comprendió, donde se encontraba realmente su felicidad.

Durante los encantadores minutos, recordó cada detalle de su relación con el chico, sus dulces palabras, las flores silvestres que él, le regaló por primera vez, y aquel día en el cual: ¡recibió su primer beso! Todo esto, le hizo entender que la felicidad estaba más allá de lo material, y eso, era lo único que deseaba sentir; no obstante, también pudo recordar grandes controversias, enfrentamientos y sin sabores que marcaron su vida hasta el último de sus días.

En su memoria, estaba la clave que le permitiría comprender toda su existencia. Ella, nació en una familia acaudalada y de gran prestigio social. Su padre el Sr. Julio Morales, durante algún tiempo experimentó una fuerte adicción por el alcohol. Por otra parte, Gloria, había sido una mujer de clase social alta, gustos refinados, pero en lo humano solía discriminar a quienes tenían un nivel económico menor; sin embargo, el destino no sería indiferente ante esta realidad.

Cuando Claudia cumplió 15 años, había conocido al amor de su vida, y este, le condujo al fascinante mundo de la espiritualidad.

Mateus era un chico pobre, hijo de una gitana; vivió su infancia en un circo, rodeado de malabares, payasos y animales, pero a la edad de 12 años, su madre falleció. Después de eso, abandonó aquel mundo y conoció a una señora de nobles sentimientos, la cual se encargó de él. A través de aquella mujer, conoció la espiritualidad, y la disciplina del Budismo Zen; no obstante, él siempre fue económicamente pobre, y por esta razón, logró ganar el corazón de Claudia, más no, la aceptación de sus padres Julio y Gloria.

Ella lo amó, y admiró sus virtudes más allá de lo material, lo quería sin importar su apariencia algo extravagante, y podía ver la belleza de su alma; sin embargo, entre recuerdos dulces y amargos, se encontró frente al implacable testigo de sus propios errores: ¡la conciencia!, esta, le hizo comprender aquellas cosas en las cuales, ¡había fallado! Sin lugar a duda; Claudia había entendido que lo material no conducía a la felicidad; nunca le faltó dinero, lujosos vestidos, juguetes, innumerables viajes a lo largo y ancho del mundo, pero a lo interno de su alma, se encontraban grandes vacíos.

De niña, tanto ella como su madre fueron maltratadas. En su adolescencia, tuvo intensos conflictos con sus padres por amar a Mateus. A sus 20 años se dejó llevar por la debilidad, se negó a creer en lo posible, abandonó el espíritu de lucha que le permitiría superar las adversidades, y esto, hizo que tomara la peor de todas las decisiones.

En sus recuerdos, cobró vida la fuerte discusión que tuvo con su padre, al momento en que ella, le confesó que se casaría con Mateus.

El conflicto, lastimó sus sentimientos, y en ese desesperado instante se dejó llevar por aquellas voces que suelen estar presentes en el lado oscuro del ser humano.

Claudia, corrió a su recámara, sacó de la gaveta que estaba bajo la mesa de noche, una caja de pastillas para la depresión, y comenzó a tomarlas una a una, hasta que finalmente tragó el último comprimido; su visión se desvaneció, y cientos de recuerdos pasaron por su cabeza.

En ese preciso instante, ¡Joska despertó!, y se percató que estaba nuevamente en la cama del hospital; eran cerca de las 7:00 AM y el pequeño Angyal no se encontraba allí.

A la jovencita le pareció extraño, pero decidió no alarmarse; mientras llegaba el niño, ella abrió su diario en la última página que había escrito; pero, ante la imperiosa necesidad de escribir en él, la gran revelación que tuvo durante la noche, decidió reservar siete hojas de su diario, para cada uno de aquellos sueños que anteriormente tuvo; y comenzó a plasmar en el papel su más reciente anécdota.

Cuando terminó de escribir la última experiencia de su anterior vida, sin obviar ningún detalle; pudo darse cuenta que había utilizado para ello, siete hojas. Esto le pareció extraño; así que revisó nuevamente el diario desde el principio, y notó que su primer escrito, también había sido de siete hojas; no obstante, decidió no prestar mayor importancia al asunto, y continuó con sus importantes anotaciones. Una hora después, el pequeño Angyal estaba de vuelta, y Joska le dijo:

—¡Hola! ¿Cómo te sientes Angyal?

—Bien —respondió el chico, con un tono de voz que solía reflejar un profundo desánimo en su interior.

—¿Que le sucedió? —preguntó Joska a la enfermera.

—Jovencita, anoche el pequeño Angyal nueva-mente convulsionó; ya se encuentra estable, pero necesita descansar.

—¡Dios! Espero que mejore pronto —dijo la joven e hizo silencio, algo preocupada.

La enfermera subió al pequeño Angyal a su cama y le suministró un sedante, mediante una inyección en la vena. Joska se encontraba muy triste por lo sucedido y no pudo evitar que una lágrima brotara de sus ojos.

Todo eso, le hizo revivir aquellos momentos de nostalgia. La pérdida de su tía Ada, la ausencia de sus padres durante su infancia, y los recuerdos de su anterior existencia. Sin embargo, ella ¡no se derrumbaría! Tenía la fortaleza para dominar cada sentimiento y aceptar fríamente que el destino, siempre se amoldaría a las necesidades de su alma, más allá de las adversidades. Secó de inmediato esas lágrimas, y decidió: seguir adelante, por ella, por el pequeño Angyal, y por todos aquellos que, en lo sucesivo, le acompañarían durante el camino a su extraño paraíso.

La jovencita, en ese momento dejó de pensar, y retomó la escritura en su diario; anotó en él, los cuatro sueños restantes; para su sorpresa, no requirió de páginas adicionales. Sus relatos cuadraron perfectamente en las siete hojas de papel que había reservado para registrar cada una de las revelaciones.

Aun cuando este recurrente suceso, era poco común. Ella no creía en la existencia de la casualidad, o el azar; así que decidió interpretarlo sabiamente, como un nuevo mensaje del universo.

Las horas de la mañana pasaron rápidamente, y la joven Joska, releía su diario con la intención de seguir descubriendo el misterio de sus sueños. Estaba convencida que el universo, le conduciría a su propio despertar espiritual; y esa idea era la piedra angular de su convicción, y la principal justificación de su existencia. Como siempre, ¡estaba en lo cierto! La chica, había aprendido a esperar las respuestas del destino, y confiaba plenamente en su corazón.

En este mundo fascinante, no existe la casualidad, ni el azar. La suerte, no es más que el desconocimiento de la ley. Cada suceso que tiene lugar en la realidad es simplemente un efecto, que tiene su causa en el pasado.

Hasta los acontecimientos que resultan insignificantes para el ser humano, son el producto de una minuciosa planificación divina.

Ahora Joska, podía ver todo con mayor claridad. Su sabiduría crecía más allá de los límites que imponía la razón. Mientras la chica pensaba en aquellas respuestas del destino, comenzó a experimentar esa presión en la coronilla de su cráneo, y la característica vibración en sus oídos; tal como le había sucedido durante sus últimos sueños; no obstante, no se preocupó. Sintió que algo detrás de ella, ¡brillaba! Y en ese momento, escuchó una voz que le decía:

—¡Myriam! Camina sin mirar las sombras de tu pasado.

—Caminaré incansablemente al paraíso; ¡tan solo muéstrame el camino! —se dijo Joska a sí misma.

—¡Todo está Aquí! ¡El camino eres tú!

—No entiendo, hazme comprender por favor, ¡te suplico!

—¡Escucha la sublime voz del silencio! Él te guía. ¡Siente la vibración del universo dentro de ti! Ella te hará despertar. ¡Camina por el sendero de tu corazón! Todo está Aquí.

Aquella voz en el interior de la joven desapareció repentinamente; sin embargo, el mensaje en esta vida ya había sido entregado. Todo parecía inconcluso, pero a la vez, sembraba en su corazón, el deseo de buscar una señal, una respuesta, y eso, era lo primordial.

La chica estaba profundamente comprometida con su verdad, y su misión más allá de esta existencia. Tenía un propósito divino que le hacía conectarse con su Ser, y de allí en adelante, simplemente viviría cada instante de su vida, como si se tratara del último de sus días.

El tiempo pasó y ya era mediodía. La enfermera llegó para traer el almuerzo y la chica se alimentó; no obstante, el pequeño Angyal, aún se encontraba dormido y permanecería así durante toda la tarde.

—Debido a su recaída—.

Después de la hora de la comida, la enfermera le comunicó a Joska que tenía visitas.

La jovencita se alegró y su corazón palpitaba más rápido de lo habitual. En ese momento, Marely y el Sr. Horváth, entraron a la habitación.

—Buenas tardes Sra. Marely, quería agradecerle por conseguirme el diario; y también deseaba mucho verlo Sr. Horváth, espero que las cosas, vayan bien en la tienda.

—Todo es excelente —dijo el Sr. Horváth, mientras Marely simplemente se limitaba a sonreír.

—¿Pasa algo?; ¿por sus rostros, debe ser una excelente noticia? —preguntó repentinamente Joska.

—Sí, pasó algo muy bueno... —dijo Marely.

—Pero cuéntenme...

—Hoy en la mañana cuando asistimos al curso, nos informaron que este, culminaría en solo tres días, y dos días después, el juzgado tomará la decisión sobre tu caso —explicó el Sr. Horváth.

—¡Eso es verdaderamente bueno! —exclamó Joska.

—Por supuesto jovencita, el día 17 de diciembre, ¡te darán de alta! Y después de ir al juzgado, te mudarás inmediatamente a nuestra casa —contestó Marely, sin poder ocultar su alegría.

—Pero: ¿me darán de alta antes de finalizar las dos semanas?

—Sí, recuerda que tu estado no es de gravedad; el Dr. Jankovics, ya está al tanto de la situación y todo se resolverá antes de lo previsto.

—En realidad esa es la noticia que esperaba escuchar Sra. Marely; al menos eso me alegró el día, después de recibir una mala noticia esta mañana.

—¿Qué sucedió? —preguntó Marely.

—Es el pequeño Angyal, está mal nuevamente; esta mañana cuando desperté, lo habían llevado a emergencias médicas; volvió a convulsionar, le inyectaron un sedante para que pudiera dormir y no ha despertado todavía. Es realmente doloroso verlo sufrir así.

—Te comprendo Joska —dijo Marely.

La jovencita continuó conversando con Marely, y el Sr. Horváth. Las horas pasaron rápidamente, ante la grata compañía, hasta que el horario de visitas concluyó.

La enfermera les avisó, y seguidamente el señor y señora Horváth, se despidieron de Joska y se retiraron a su casa.

La chica estaba mucho más tranquila, y comenzaba a ver, como todo en este maravilloso mundo, tenía su momento indicado. Muy pronto, saldría del hospital, retomaría su vida, continuaría con su propósito y se dedicaría a vivir la realidad de la vida.

No obstante, la noche se acercaba, y ella sentía la imperiosa necesidad, de viajar nuevamente al maravilloso mundo astral. Aun, cuando la respuesta que recibiría del destino en esa ocasión, tal vez, no sería tan prometedora.

XIV

L legó la noche y la joven Joska estaba muy deseosa de visitar nuevamente el mundo astral. Así que, sin pensarlo dos veces, aquietó su mente, se relajó, vocalizó su mágico mantra, y comenzó a meditar.

El sueño poco a poco se adueñó de ella; sin embargo, en esta ocasión no se rencontraría con ninguna de sus anteriores vidas.

La chica en esa oportunidad tuvo un misterioso sueño; en él, se encontró en la habitación de huéspedes de la casa del Sr. Horváth; estando en la recámara, miró el espejo, y vio su rostro.

Al salir del lugar, fue directamente a la sala de meditación, y allí estaba la Sra. Marely meditando; a su lado, se encontraba sentado un niño de aproximadamente 7 años, él, era de piel blanca, ojos azules, cabellos rubios, y rostro redondeado.

El pequeño, no estaba meditando, y parecía que Marely, simplemente no se hubiera percatado de su presencia.

El chico miró fijamente el rostro de la joven, y no cesó de hacerlo; parecía que ese niño, tenía la intención de comunicarle algo muy importante, pero no se atrevía a hacerlo.

De pronto, ella le preguntó:

—¡Oye! ¿Cómo te llamas? ¿Quién eres?

—El chico no habló, simplemente llevó su dedo índice a sus labios, y lo colocó sobre ellos, para señalar a la jovencita que hiciera silencio—.

—¡Dios! ¿Qué sucede? —preguntó Joska, y pensó—; ¿Será tan solo una visión? O realmente ese chico está sentado junto a la Sra. Marely.

La jovencita caminó muy despacio y en silencio, lo tomó de la mano y le señaló que caminara con ella; el pequeño, así lo hizo, pero cuando Joska intentó salir de la sala de meditación, el chico se negó rotundamente; él, le pidió a la chica que se sentara; seguidamente, la joven cumplió su petición y el niño le susurró al oído:

—Ella sufrirá, pero con el tiempo; ¡todo pasará y será feliz!

—¿Quién sufrirá? ¿Marely? —preguntó Joska, muy angustiada.

—¡Sí!

—¿Por qué? ¿Algo malo esta por suceder?

—Sucederá lo que inevitablemente tiene que pasar. Pero el universo, compensará el sufrimiento con una gran oportunidad.

—No te comprendo.

—Lo sabrás por ti misma en su debido momento; el destino corregirá el pasado, para iluminar el futuro.

—¿Cómo te llamas? —preguntó Joska.

—Santiago.

—¿Eres un ángel?

—¡No!

El niño hizo silencio, se acercó nuevamente a Marely, y se sentó a su lado. Ella parecía no darse cuenta de la presencia del chico; estaba totalmente inmóvil.

De pronto, Joska se distrajo por un instante al escuchar un ligero ruido, y cuando miró nuevamente hacia donde se encontraba la Sra. Horváth, pudo ver que estaba sola. El pequeño había desaparecido.

¿Quién era el niño?

Se preguntaba Joska de manera insistente, pero no encontraba una respuesta. Él le confesó que se llamaba Santiago; sin embargo, Joska nunca había conocido a nadie con ese nombre. Se preguntaba si Marely, o el Sr. Horváth, conocerían algún niño llamado Santiago; pues, tal vez eso, era una señal.

¡Repentinamente!

Sintió una luz muy fuerte que se reflejó sobre su rostro. Súbitamente se sobresaltó y al abrir los ojos, vio una enfermera que se disculpaba con ella, por haberla despertado bruscamente al encender la luz de la habitación.

A su lado se encontraba el pequeño Angyal profundamente dormido y la enfermera estaba allí para tomar una muestra de sangre al niño. Ella le indicó aun soñolienta a la enfermera que no debía preocuparse, y le preguntó por el estado de salud del chico.

La enfermera le contó que el pronóstico era algo crítico, aun cuando ella tenía mucha fe y deseaba verlo recuperarse rápidamente, como en otras ocasiones había sucedido. En ese momento, Joska le dijo:

—¡Así será! Le pediré mucho a Dios por él.

—Gracias jovencita, yo también he rezado mucho por su salud. Angyal es un niño muy dulce, y no merece sufrir así.

—Mañana espero verlo despertar y poder conversar con él.

—¡Que Dios te escuche! Hasta pronto jovencita.

La enfermera se retiró de la habitación y la chica se quedó despierta un rato más. Había muchas preguntas que no tenían respuesta. Extrañamente, el sueño que tuvo, ¡Le inquietaba! Por un segundo, pensó que Santiago, pudo ser Angyal durante alguna de sus vidas pasadas, pero de ser así: ¿Qué tendría que ver Marely con Angyal? ¿Angyal pudo ser la hija del Sr. Horváth en su anterior existencia? Analizó la situación y las cuentas parecían no encajar bien.

Tal vez Angyal, vivió su karma de manera recurrente durante varias existencias, y la hija del Sr. Horváth, no había muerto de cáncer. Además, los tiempos para que se diera la reencarnación, no cuadraban bien al restar la edad del niño.

No obstante, era evidente que Santiago, representaba un acontecimiento de vital importancia tanto para ella, como para la familia Horváth.

La noche avanzaba, y el sueño rápidamente comenzó a dominar los sentidos de la joven; sin embargo, Joska en lo sucesivo, no volvió para reencontrase con sus revelaciones, sino para descansar.

La chica despertó al día siguiente y para su mayor sorpresa, el pequeño Angyal estaba consciente; ella lo miró y le preguntó:

—¿Cómo te sientes?

—¡Bien! —respondió el chico, muy alegre y animado.

—Pensé que aun estabas dormido Angyal, cuéntame, ¿cuál es el motivo de tu alegría?

—¡Muy pronto iré al cielo!

Inmediatamente, Joska sintió un nudo en la garganta. El niño le había confesado que pronto partiría de este mundo, y en esta ocasión, tal vez sería cierto. Ella pensó que ese sueño podría estar relacionado con Angyal, y se entristeció repentinamente, pero al verla desanimada, el pequeño le preguntó:

—¿Por qué estas triste?

—¡Tranquilo Angyal, yo estaré bien! Solo te preguntaré algo: ¿Eso que comentaste, lo escuchaste en el cielo?

—Sí.

—Y también, ¿llegaste a escuchar el nombre de Santiago?

—No, ¿quién es él? ¿Es un niño?

—Si él es un niño como tú.

—y cuéntame: ¿lo conoces? —preguntó Angyal.

—No Angyal, solamente lo vi ayer en el cielo —dijo Joska.

La jovencita hizo silencio y se dijo a sí misma: si Santiago hubiese sido Angyal, o una revelación sobre su próxima existencia, lo más seguro es que él, también hubiese soñado lo mismo. La chica en ese instante se tranquilizó y continuó conversando amigablemente con el niño. Joska sonreía y estaba haciendo todo lo humanamente posible, para llenar de alegría la vida del pequeño.

Las horas de la mañana pasaron y justamente al mediodía, llegó la enfermera con el almuerzo; Joska y Angyal comieron; ellos continuaron su conversación, la enfermera regresó para retirar las bandejas de la comida y le comentó a la chica:

—Dios, escuchó nuestras súplicas.

—Sí, es cierto —dijo Joska.

—Debo continuar con mis labores; hasta pronto, que la pacen bien —dijo la enfermera y se marchó.

Joska se sintió bien por la manifestación de alegría de la enfermera. Que también, se encontraba conmovida por el estado de salud del pequeño. Eso simplemente, era una muestra del cariño que inspiraba Angyal.

Una hora y media más tarde, la enfermera regresó nuevamente a la habitación, para informarle a la jovencita que tenía visitas.

Era la Sra. Marely, y esta vez, vino sola. Joska la saludó con afecto, ella respondió con cariño, y posteriormente se acercó a la cama de Angyal, tomó su mano, y le preguntó:

—Angyal ¿cómo te sientes?

—¡Bien! —contestó el niño, muy alegre.

—¡Me agrada mucho que te encuentres bien angelito lindo! —dijo Marely, al momento en que suspiró—. Y se tranquilizó.

La Sra. Horváth, pasó su mano en una ligera caricia, por el rostro del niño, y le manifestó que estaba contenta porque él, ¡se encontraba bien! Después de eso, se sentó junto a la jovencita, y le contó que durante la noche, le sucedió algo muy significativo.

—¿Qué le sucedió Sra. Marely? —preguntó Joska con asombro.

—Ayer, antes de irme a dormir, entré a la sala de meditación; me senté en el suelo, hice un poco de yoga, y realicé una práctica de relajación. Cuando comencé a meditar, llegó un momento en el cual, solo escuchaba el mantra: *Om Mani Padme Hum*, y logré desconectarme por completo del mundo exterior.

Seguidamente, una luz blanca me cubrió por completo y en mi mente, solo reinaba el vacío, no podía sentir el peso de mi cuerpo, ni percibir los sonidos del ambiente; pero de pronto, escuché una voz sutil que me dijo: Santiago te necesita, ¡no lo dejes ir! En ese instante, pude visualizar el rostro de un hermoso niño, y regresé de la meditación. —Sé que esta, es una señal—. Al principio, pensé en el pequeño Angyal, y me asusté.

Joska, entró en un profundo silencio; y mientras era distraída por el recuerdo, la Sra. Horváth, le hizo regresar a la realidad, al preguntarle:

—¿Te sucede algo Joska?

—Sra. Marely, anoche soñé con ese niño.

—¿Con quién? ¿Angyal? —preguntó la Sra. Horváth.

—No Sra. Marely, ¡soñé con Santiago!

—¿Que dices? ¿Cuéntame todo por favor Joska?

—Soñé que me encontraba en la habitación de huéspedes de su casa; luego, salí de la recámara, y caminé hasta la sala de meditación. Una vez allí, la observé meditando, y a su lado, ¡estaba el chico! Era un niño de más o menos 7 años, su piel era blanca, ojos azules, cabello rubio y rostro redondeado. Yo, ¿le pregunté quién era? Pero se limitó a señalarme que hiciera silencio. Entré cuidadosamente, le tomé de la mano y caminé con él, pero se negó a salir del recinto.

—¿Te dijo algo? —exclamó Marely, muy inquieta.

—Sí, me dijo: —Ella sufrirá, pero con el tiempo. Todo pasará y será feliz—. Cuando le pregunté: ¿Quién sufrirá?, ¿Marely? Me respondió afirmativamente. Yo intenté indagar el motivo, y me comentó que algo inevitable sucedería, pero también me hizo saber que todo ese sufrimiento, seria compensado por el universo; y finalmente, me confesó que su nombre era Santiago.

—Joska, en realidad, esto me asombra.

—A mí también Sra. Marely, y me preocupa que usted tenga que sufrir a causa del destino.

—Tienes razón Joska, pero en realidad, me preocupa más ese niño llamado Santiago. En el fondo, él, es la causa que nos permitiría comprender lo que significa este mensaje del universo.

—De ser así, ¡él vendrá Sra. Marely! El universo, siempre habla a su debido tiempo.

Tanto la Sra. Horváth como la jovencita, estaban intrigadas. El nombre de Santiago, ya se había convertido en un misterio, y este, representaría dos cosas muy relevantes: primero, el sufrimiento de Marely, quizás a causa de su karma, y por último, la retribución del destino, como recompensa por afrontar con valentía todas esas adversidades.

En esta ocasión, tal vez, no sería la joven Joska, sino Marely, quien a su debido tiempo le tocaría reconstruir su vida, para reinventar el destino; y así poder liberarse del recurrente pasado de sus karmas. Pues, a todos los seres humanos, tarde o temprano les toca superar esa importante fase de sus vidas; no obstante, tanto la chica como la Sra. Horváth, solo pedían al cielo que les diera la fortaleza necesaria, para superar todo aquello que inevitablemente, les esperaba.

XV

La tarde en el hospital fue pasando lentamente. En el ambiente se podía sentir la inmensa preocupación; sin embargo, carecía de sentido mortificarse de manera anticipada, pensando en un asunto que no tenía lugar en el presente. La Sra. Horváth en ese instante, miró a Joska, y le dijo:

—Joska, no quiero que te preocupes por nada; yo soy consciente de mis karmas y si tengo que afrontar momentos difíciles, te prometo que los aceptaré con sabiduría.

—Está bien Sra. Marely —dijo Joska, algo preocupada.

Las horas de visitas en el hospital finalizaron, y la Sra. Horváth se despidió de la jovencita. Marely salió rápidamente y se marchó a su casa.

Unos minutos después, la chica comenzó a escribir en su diario, los detalles de su sueño con el niño llamado: Santiago. Mientras en el fondo de su corazón, se preguntaba: ¿Quién es él? ¿Dónde está? No obstante, la joven estaba aprendiendo a conocer la premisa principal del fascinante mundo espiritual. —¡El tiempo sabe cómo, y cuándo tocar las puertas del alma!—. Y sencillamente, está en la potestad de cada Ser, abrir para afrontar con valentía las decisiones del universo, o encerrarse a vivir como un esclavo del miedo.

La chica comenzó a bloquear cada pensamiento. ¡No dejaría que el Ego, le arrebatara de sus manos la realidad de la vida! —Aquí y Ahora—, era la clave.

En ese maravilloso instante, Joska comenzó a sentir nuevamente, una presión en la coronilla de su cráneo y a través de sus manos, se podía sentir una extraña fuerza que brotaba.

Intentó unir sus palmas, una con la otra, tal como lo había tratado de hacer en su anterior vida y en esta ocasión, tampoco lo consiguió. Era como si algo muy elástico estuviera entre sus manos.

Joska comenzó a jugar con la energía que brotaba de su interior. Pero de pronto, experimentó una sensación de hormigueo en su cabeza, y una vibración en sus oídos.

Pudo ver una luz, tan fuerte que solo podría definirse a través de las palabras como: ¡un resplandor indescriptible! En su mente, se hizo presente un maravilloso instante de reflexión, y este, le hizo saber que ella y el universo simplemente eran:

Una luz perpetua y constante

que iluminaba la vida,

durante la noche y el día,

¡siempre a cada instante!

Una fuerza implacable

que te muestra el camino

al mundo desconocido:

¡sublime e inexorable!

Un tiempo perfecto

donde el aquí y ahora,

no encuentra demora

y el destino: ¡consuma su efecto!

¡El tiempo sabe cómo, y cuándo tocar las puertas del alma!

Y Joska en un instante: ¡Encontró su camino al presente!

Ahora la jovencita, estaba preparada para enfrentar todo aquello que estaba por suceder de manera inevitable. Su fuerza, se había multiplicado por el número de sus innumerables vidas.

Y su alma; ¡recordaba el pasado de sus karmas, sin revivir las sombras de sus errores! Por un maravilloso instante: *¡Despertó!* Joska observaba el mundo tal como realmente era; ya no había pensamientos, ni pesadas cargas emocionales; el sufrimiento, la desesperanza y las preocupaciones, no volverían a ocupar su mente, porque en ella, se encontraba la sabiduría de su Ser.

El tiempo de regresar conscientemente al mundo de los sueños, ¡llegó! La enfermera en ese momento entró a la recámara y apagó la luz. La jovencita conservó su perfecto estado espiritual, y comenzó a vocalizar el mantra: *Om Mani Padme Hum*. ¡Hasta que encontró el camino! Nuevamente, estaba en la casa de la familia Horváth. —Otra vez, en el interior de la sala de meditación—; allí observó a Marely en posición de loto. La chica cerró sus ojos por un segundo, y repentinamente escuchó la voz de un niño. Al abrirlos, pudo ver a Santiago.

Él se encontraba junto a Marely, y en ese momento Joska le dijo:

—Santiago, ¿Eres una señal?

—¡No!

—¿Eres una prueba de fe?

—¡No!

—¿Dónde estás? —preguntó la jovencita.

El chico hizo silencio, mientras una lágrima corrió por su rostro, y la joven le preguntó:

—¿Por qué lloras?

—¡Estoy sufriendo! Solo espero que me acepten, cuando el tiempo toque a sus puertas.

—Serás aceptado, ¡te lo prometo! —respondió Joska.

El niño con una de sus manos secó esa triste lágrima que corría por su mejilla, y le mostró una sonrisa a la chica. Joska, salió de la sala de meditación, caminó por el pasillo, bajó la escalera y pudo ver al Sr. Horváth, muy triste, vestía de negro y se encontraba destrozado.

Miró hacia el comedor, y pudo ver a Marely llorando desconsolada. También vestía de negro, y eso era muy evidente. —Todos lamentaban la muerte de alguien—. Joska, ¡pensó inmediatamente en Angyal! Y en ese momento; despertó muy asustada.

Era media noche y el corazón de Joska latía fuertemente. Tomó un vaso de agua y se relajó un poco. De nuevo se acostó y cerró sus ojos, y permaneció así, hasta que finalmente no supo más de ella; se había quedado profundamente dormida.

Al día siguiente, la chica despertó y ya eran cerca de las nueve de la mañana; se levantó, lavó sus dientes y su cara. Una hora después, desayunó. El tiempo transcurrió lentamente, mientras ella escribía en su diario.

Después de un rato, el pequeño Angyal también había despertado y la joven Joska lo saludó. El chico en esta oportunidad contestó con mucha alegría y entusiasmo. A la jovencita le agradó mucho verlo así, y de inmediato le dijo:

—Angyal ¡me alegra mucho verte feliz!

—¡Gracias Joska! Me siento muy bien, anoche, fui al cielo. Allá, un ángel me contó que sería muy feliz hoy.

—¡Qué bien! —dijo Joska, y se preguntó—: ¿Sera un milagro? Angyal ¿Sobrevivirá?

—Y tú, ¿en qué piensas? —dijo Angyal.

—¡En tu felicidad Angyal! Me sorprendió mucho verte así, y creo que esto, podría ser un milagro.

—¿Qué es un milagro?

—Angyal, un milagro es cuando se hace realidad, algo que parece imposible para todas las personas.

—¡Entonces vivir es un milagro! —dijo Angyal.

—¿Por qué dices eso Angyal?

—Porqué la mayoría de las personas, no creen en lo posible y les cuesta mucho aprender a vivir.

A la jovencita le pareció una respuesta, muy sabia y avanzada para su edad; no obstante, decidió tomar el conocimiento que brotaba de cada una de sus palabras. Joska escribía en su diario y conversaba con el pequeño.

Todo resultaba maravilloso, y en realidad, era un milagro: ¡estaba viviendo la realidad de la vida! Ese momento era sencillamente perfecto, el niño se encontraba inmensamente feliz, y ella se sentía muy bien. Por algunas horas, Joska olvidó aquel sueño que solo reflejaba la misteriosa imagen de la muerte caminando entre las sombras de un pasado que pretendía convertirse en futuro.

La tarde había iniciado y Marely llegó. Joska la recibió muy alegre, al igual que lo hizo el pequeño

Angyal. Ella abrazó tanto a la chica como al niño, y tomó asiento al lado de la jovencita. Conversó con ellos amigablemente y le comentó a Joska que el Sr. Horváth, llegaría un poco más tarde. En ese instante Angyal dijo:

—¡El Sr. Horváth y el Sr. Oláh vendrán juntos!

—No, Angyal, solamente vendrá mi esposo el Sr. Horváth.

—¡Ellos vendrán, pero yo estaré en el cielo! —aseguró el pequeño Angyal.

Tanto Marely como la jovencita se vieron las caras, con una ligera preocupación; sin embargo, el chico estaba tranquilo y lucía muy feliz. Ellas tenían que dejar a un lado el pesimismo y los sentimientos negativos, pues, eso no le haría nada bien al chico.

Continuaron conversando por un largo rato, y el pequeño Angyal, comenzó a bostezar; sus ojos lentamente se extraviaban, y en muy poco tiempo se quedó profundamente dormido. Joska le comentó a Marely que el chico, se encontraba muy alegre en la mañana, y le extrañaba el repentino sueño; no obstante, la Sra. Horváth, le respondió a la chica:

—No te preocupes Joska; seguramente Angyal está algo cansado por los tratamientos, y solamente necesita dormir un rato.

—Le comprendo Sra. Marely.

En ese instante, se abrió la puerta de la habitación, y entraron el Sr. Horváth, y también el Sr. Oláh. Marely no pudo ocultar el asombro, pues Angyal, tuvo razón. Todo sucedió, tal como lo predijo el niño.

Seguidamente el Sr. Oláh, sacó del bolcillo de su abrigo, una cadena con un cristal de cuarzo rosa, y le dijo a la jovencita:

—Joska, este es un pequeño presente de mi parte; no tengo mucho conocimiento sobre los temas espirituales; ya que simplemente, soy un idealista que defiende la libertad, pero me han dicho que el cuarzo rosa, es un mineral que suele estimular la intuición, y si hay algo que nunca olvidaré, es ese supra-sentido que te caracteriza. ¡Espero que te guste!

—Muchas Gracias Sr. Oláh, en realidad es hermoso; me alegra su presencia y no sabe cuánto valoro este lindo obsequio.

La joven en esta ocasión recordó que Angyal, hace algunos días le había comentado que el Sr. Oláh, vendría a visitarla y le traería un obsequio; y esto, le impulsaba a creer, en los reveladores mensajes que recibía a través del niño.

Por otra parte, Joska también sabía que la intuición era un sentido que todos los seres humanos podían desarrollar y uno de los factores determinantes para tal fin, era simplemente mantener la inocencia y la pureza del espíritu.

¡De pronto!

El Sr. Oláh le dijo a la chica:

—Joska, ¿volverás a la tienda de antigüedades?

—Por supuesto que volveré Sr. Oláh. ¡Eso es lo que más deseo!

—Me alegra mucho saberlo jovencita.

—Si gusta, ¿puede visitarnos un rato el día de navidad, Sr. Oláh? ¿Le parece bien la idea? —preguntó repentinamente Joska.

—Sería genial, claro si la Sra. Horváth, está de acuerdo.

—Por supuesto que estoy de acuerdo y me resultaría muy grato —dijo Marely.

—Entonces ese día los visitaré —comentó el Sr. Oláh.

Las horas pasaban rápidamente entre conversaciones amigables y deseos que esperaban ser cumplidos; tales como recibir la llegada de la navidad, retomar las experiencias que ofrecía la vida más allá de la cama de un hospital, o sencillamente tener la esperanza, de formar parte de una nueva familia; y ese momento, en realidad estaba cerca.

Eran las 6.00 PM; Marely, su esposo y el Sr. Oláh, debían retirarse; así que se despidieron de la jovencita y se marcharon. Joska, se encontraba nuevamente sola.

Ella sujetó con su mano derecha, el cristal de cuarzo rosa en forma de péndulo que le había regalado el Sr. Oláh. En ese instante, sintió algo muy especial. Era una conexión muy fuerte de atracción, no solo por la belleza de la pequeña piedra semipreciosa, sino por la energía que brotaba de la misma.

Eso deslumbró a la chica, quien decidió en un segundo, que tanto el péndulo, como su diario, y el libro de la divina comedia, se convertirían en los objetos más importantes de su vida.

Muy pronto anocheció, y la jovencita se preparó para ir a dormir; no obstante, quería meditar un largo rato, tal vez una hora o dos. Se acostó en su cama boca arriba, y cerró sus ojos. Comenzó a relajar cada músculo de su cuerpo, respiraba profundamente, y exhalaba, dejando salir de sí misma, las densas cargas emocionales. En cada respiración: ¡inhalaba la vida y la energía del cosmos! Y se liberaba de todos aquellos pensamientos y sentimientos innecesarios.

Joska se mantuvo relajada por más de media hora, y su cuerpo era mucho más ligero; dejó de sentir la presión que ejercía sobre las sabanas de la cama, y su mente se encontraba, ¡totalmente en blanco! Era un instante maravilloso. Su corazón palpitaba lentamente, pero a la vez, con fuerza; ¡cada latido marcaba el *Tic Tac* de un reloj! Al constante ritmo de los segundos, y la vida continuaba unida a la inmensa paz.

Transcurrieron dos largas horas, durante las cuales la jovencita, no parpadeó, no se movió y no salió de su magnífico estado espiritual; hasta que poco a poco, regresó de la meditación, y abrió lentamente sus ojos. Los rayos de luz comenzaban a entrar y su mirada era muy sensible.

Después de todo eso, Joska realizó varias veces la vocalización de su mantra, y apagó la luz, pues ya era hora de entregarse al fascinante mundo de los sueños.

La chica se encontró vestida de negro, junto al Sr. Horváth y Marely, quienes vestían también del mismo color; solo ellos, ¡estaban allí! Al frente, pudo ver una urna blanca. En esa ocasión, ¡la jovencita despertó algo asustada! Y se percató que todo, había sido un sueño.

Ella respiró profundamente varias veces y volvió a cerrar sus ojos; sin embargo, dormir le costaba un poco más de lo habitual, debido a la presencia de todos aquellos pensamientos que le inquietaban; y además, la imagen de la muerte, cada vez, se hacía más recurrente.

Ya eran cerca de las 2:00 AM, y Joska, por un instante abandonó la realidad.

De nuevo, se encontró frente a la gran muralla que solía ver en sus reveladores sueños. Allí, estaba Angyal caminando con sus dos piernas intactas, y él, ¡sonreía! Al verla, el pequeño corrió hacia ella, la abrazó y dijo:

—Joska. ¡No me olvides nunca! Tú has sido una gran amiga para mí, y me despediré de ti, sabiendo que Claudia tenía razón.

—Pero: ¿A dónde iras? —preguntó Joska.

—Debo cruzar esa puerta y buscar a María —dijo Angyal, señalando la majestuosa entrada.

—¡No! Angyal, ¡por favor! No te vayas, ¡tengo miedo! No me dejes sola... —dijo Joska.

—Joska, muy pronto, ¡nos volveremos a ver! Pero ahora realmente, ¡me tengo que ir!

—¡No te quiero ver partir! —dijo Joska llorando desmesuradamente.

—Entonces date la vuelta, espera que yo, haya cruzado la puerta y continúa tu camino.

La chica se dio la vuelta y miró en sentido contrario a la gran muralla, mientras Angyal le decía: ¡no llores amiga! Seguidamente, el pequeño comenzó a caminar y Joska sintió un inmenso resplandor a su espalda, justo al momento en que el niño se alejaba.

En ese instante, inmensas lágrimas brotaban de los ojos de la jovencita. Ella caminó llorando lentamente, hasta que la luz en ese lugar se apagó por completo.

De pronto: ¡Joska se sobresaltó! Y un instinto, la obligó a despertar inmediatamente.

XVI

La jovencita despertó muy angustiada; pues ella, estaba segura que al pequeño Angyal, le había sucedido algo; y en ese preciso instante, gritó:

—¡Enfermera! ¡Enfermera! Por favor: ¡ayuda!

—¿Que sucede? —preguntó la enfermera.

Joska se levantó tomó sus muletas y corrió rápidamente hasta la cama del pequeño Angyal; la enfermera la siguió y Joska repentinamente dijo:

—Algo le pasó, ¡lo sé!

—Lo revisaré.

La enfermera en ese momento comenzó a revisar los signos vitales del chico y de inmediato corrió, abrió la puerta y gritó:

—Que venga un médico urgente, uno de los pacientes de la habitación 112, tiene el pulso muy débil y no respira.

Todos corrían de un lado al otro. De inmediato llegó el médico y ordenó trasladarlo a la sala de emergencias y todos salieron corriendo con el niño en una camilla. La jovencita lloraba desconsolada y le dijo al médico:

—Doctor, ¿él se pondrá bien?

—Lo siento jovencita, esto es una emergencia, cuando logremos sacarlo de ese estado le informaremos... —dijo el Doctor.

Todos se fueron y Joska estaba sola; los minutos parecían años y la tristeza era infinita. Pasó cerca de una hora, hasta que finalmente, llegó una enfermera, entró a la recámara muy triste, dejó salir algunas lágrimas, y Joska le preguntó:

—¿Qué pasó enfermera?

—Jovencita, es el pequeño Angyal; él falleció.

La joven Joska de inmediato rompió en llanto y se deprimió; se acostó en su cama y abrazó fuertemente la almohada; sus ojos azules como el cielo despejado, nuevamente tomaban ese tono gris, como si anunciaran una fuerte tempestad. ¡El dolor se adueñó de su alma! Y sentía que todo se derrumbaba otra vez en su interior.

La enfermera se acercó, la abrazó y le dijo:

—Jovencita, lo siento mucho...

Posteriormente, se retiró de la habitación y la dejó para que pudiera desahogarse de todo ese dolor en privado.

Este acontecimiento había sido realmente impactante y doloroso para la joven Joska, y ella, se preguntaba: ¿Por qué la muerte siempre acechaba a los seres que ella tanto quería? Y no encontraba la respuesta, aun cuando esta: ¡Estaba allí! La jovencita pasó toda la mañana llorando la muerte del pequeño Angyal.

La hora del almuerzo llegó, pero ella había perdido el apetito. Una hora después, vino Marely a visitarla. Cuando la Sra. Horváth entró, encontró a Joska, aun abrazando fuertemente su almohada y llorando. En ese instante Marely se preocupó y le preguntó:

—Por Dios, ¡Joska! ¿Qué te sucede?

—Se ha ido para siempre —respondió Joska, tartamudeando de nervios mientras lloraba.

—¿Que dices Joska? —preguntó la Sra. Horváth, pero al ver la cama de Angyal desocupada, comprendió lo que pasaba y ella también comenzó a llorar.

Abrazó fuertemente a Joska y le dijo que todo eso pasaría; le explicó que debía ser fuerte.

Algunos minutos después, Marely secó sus lágrimas, e intentó sobreponerse, para enfrentar el duro acontecimiento; sin embargo, la jovencita no dejó de llorar. Por un instante, lamentaba no haberse despedido del chico, aun cuando en secreto, tal despedida, si había tenido lugar.

Durante las horas de la tarde, Marely acompañó a Joska en su dolor, e intentó aliviar ese sentimiento de nostalgia. Al finalizar las horas de visitas, abrazó nueva-mente a la chica y se retiró. Joska tenía que enfrentar nuevamente la pérdida de alguien que había cautivado su corazón en tan solo cuestión de días.

Mientras Marely regresaba a su casa, y le informaba al Sr. Horváth lo sucedido, la joven se encontraba sola en aquella habitación triste y vacía. Ya eran cerca de las 7:00 PM y Joska, no podía seguir llorando, pero la tristeza no se marchaba de su vida.

Todo esto, parecía ser contradictorio. El día anterior, la jovencita experimentó grandes sensaciones características de un estado espiritual superior; comprendió que ella y el universo, eran esa luz perpetua y constante que iluminaba la vida, durante noche y día; ¡siempre a cada instante! Aquella fuerza implacable que mostraba el camino a un mundo desconocido; ¡Sublime e Inexorable! Ese tiempo perfecto donde el aquí y ahora, no encontraba demoras, y el destino; ¡Consumaba su efecto! Hace tan solo horas, había descubierto que el tiempo sabía cómo, y cuándo tocar las puertas del alma; sin embargo, ahora, los sentimientos podían más que su corazón.

—¿Por qué? —se preguntó a sí misma diciendo—: ayer conocí ese mundo maravilloso en el cual no existe la tristeza; encontré el camino al presente, y ahora; solo hay dolor.

Pero todos estos cuestionamientos, eran algo natural. Joska no entendía cómo podía haber despertado, y volver a caer en la depresión, cuando hace tan solo un día; había sentido que podía enfrentar lo que fuese, sin importar la intensidad de sus adversidades.

Angyal no lloraba, pues él, estaba claro de su importante misión. Por otra parte, se aferraba a la esperanza, y comprendía que la muerte, no representaba su final, sino más bien, un nuevo comienzo.

Joska no quería verlo partir; se aferró a él; sin tener en cuenta que: *"si verdaderamente amamos algo, debemos estar preparados para dejarlo ir en el momento indicado"*. ¡El tiempo sabe cómo, y cuando tocar las puertas del alma! Nada sucede por azar.

El destino está marcado inevitablemente por el pasado y sus karmas, pero entender, que en el presente, se pueden afrontar las adversidades con fortaleza y sabiduría, definitivamente permite modificar los efectos o consecuencias del futuro. Todo en la vida, sucede en el momento indicado, para bien o para mal.

Joska, entendió que el momento de Angyal, simplemente llegó y no había nada que hacer. Todo debía continuar. La vida tenía que seguir adelante y escapar de una vez por todas, de las garras del pasado y sus errores.

En ese instante, la chica despertó. Estaba sola en la cama del hospital, pero ya se encontraba mucho más tranquila; pues sabía que sufrir a causa de la muerte de Angyal; por más grande que hubieran sido los afectos, no lo devolvería a la vida.

Lo verdaderamente importante para Joska en ese momento, era saber que durante la vida del chico, ella fue una gran amiga para él. La chica en esa mañana desayunó y no podía evitar sentir algo de soledad y tristeza, pero lograba sobreponerse.

La enfermera llegó a la habitación y dijo a la jovencita:

—¿Cómo te sientes?

—Un poco triste, pero bien.

—Sí, te comprendo. Todos en el hospital queríamos mucho a ese chico, él era muy especial, y siempre tendrá un espacio en nuestros corazones.

—Sí, él es especial.

—No te comprendo jovencita, hablas como si él, no hubiera muerto —dijo la enfermera.

—Es que él me enseñó que adonde irá, la muerte solo es el comienzo de una nueva vida. ¡Ahora está en el cielo!

—¡Te comprendo! —contestó la enfermera, sin realizar más preguntas.

Las horas de la mañana fueron pasando lentamente, y la chica escribía todo en su pequeño diario; página tras página, se llenaban de escritos que develaban sus sueños, pensamientos, y sentimientos.

Las reflexiones que Joska tenía, sobre cada una de sus anécdotas, también fueron registradas y para resaltarlas; simplemente, *"las encerraba entre comillas"*. Era muy organizada a la hora de escribir.

Llegó el mediodía y a la hora del almuerzo se alimentó y se acostó en su cama a esperar la visita de Marely, quien seguramente llegaría acompañada del Sr. Horváth. Así mismo aconteció. El señor y señora Horváth, se encontraban allí y entraron juntos a la recámara 112, y saludaron a Joska. Marely corrió y la abrazó de una forma muy emotiva y el Sr. Horváth, también.

Durante algunos minutos Joska, Marely, y Zsiga conversaron. Ellos le contaron que en la mañana fueron al velorio del chico, y lamentaban que ella no hubiese podido asistir para despedirse del pequeño; no obstante, la chica respondió:

—No se preocupe Sr. Horváth, en realidad tuve la oportunidad de darle el último adiós de una forma muy especial, y sé que él, partió de este mundo con las mejores expectativas sobre nuestra amistad.

—¿No te comprendo Joska? —preguntó Marely.

—Verán, les contaré; minutos antes de la partida de Angyal, tuve un revelador sueño, en el cual el chico, se despedía de mí; el pequeño, me indicó que continuaría el camino hacia su nueva existencia, y me contó que buscaría a María para darle el mensaje.

—Pero ¿Quién es María? —preguntó el Sr. Horváth.

—Aún no lo sé. Al principio, pensaba que María, era una de mis reencarnaciones; al igual que Claudia.

—Y ¿quién es Claudia? —preguntó nuevamente el Sr. Horváth.

—Disculpe Sr. Horváth, sé que no me comprende bien, porque en realidad estas cosas solo las conversé con Angyal y la Sra. Marely. Pero le contaré: desde el primer día que llegué a este hospital, he tenido sueños que me han revelado detalles sobre mis anteriores existencias, y Claudia, ¡fue una de ellas!

—¡Ahora te comprendo! Y me parece muy interesante Joska. Desde el fondo de mi corazón, espero que logres descubrir tu propósito en esta vida. Yo siempre supe que eras una gran chica —dijo Zsiga.

—Gracias Sr. Horváth.

La chica estaba muy complacida de saber que contaba con el apoyo, y el cariño tanto de Marely, como del Sr. Horváth. Ellos cada día, se sentían más orgullosos del nivel espiritual de la joven, y de la sabiduría que afloraba en cada una de sus palabras.

De pronto, el Sr. Horváth dijo:

—Joska, hay algo más, que debemos decirte.

—¿Que será Sr. Horváth?

—Mañana, es el día que ha fijado el juez, para decidir sobre tu colocación familiar; sé que estás triste y espero que esta buena noticia, te haga olvidar un poco, todo lo que ha sucedido.

—¿En serio? —preguntó Joska, algo sorprendida.

—Sí, debes estar preparada, para el día de mañana, a las 8:30 AM, por eso te hemos traído algo de ropa elegante. Ya el Dr. Jankovics, está al tanto del asunto y te darán de alta mañana a esa misma hora.

—¡No puedo creerlo! Esperé tanto este momento; lamento no haber compartido esta alegría con Angyal, aun cuando sé que él, ya lo sabía.

—¿Cómo dices? —preguntó Marely.

—El mismo día que Angyal llegó a esta habitación, me dijo que estaría solo un par de días menos que yo; sin embargo, no le comprendía, pensaba que lo había escuchado de la voz del médico, o de alguna enfermera. Pero todo esto ha sido tan inesperado que en realidad predecir todo eso, y de una forma tan exacta, así como también predijo la llegada del Sr. Oláh, me hacen saber que él, en realidad había despertado un nivel espiritual muy avanzado.

Tanto Marely como el Sr. Horváth, estaban asombrados. Ellos, nunca imaginaron que un niño de tan solo 7 años y enfermo de cáncer podría tener tanta sabiduría y voluntad, para comprender las cosas que la humanidad en general, era incapaz de entender. Y en ese instante, dejaron de sentir dolor por su partida, pues ahora sabían que Angyal, simplemente había continuado su camino.

La tarde fue pasando y Joska compartía, sus experiencias con su nueva familia. Ella les contó cada uno de sus sueños, experiencias y anécdotas sobre aquel fascinante mundo que había descubierto. Incluso, les habló de Santiago, y contó que ese chico, le había comentado que estaba sufriendo y que esperaba ser recibido por ellos, cuando el momento propicio, tuviera lugar en la realidad.

El tiempo esta vez, avanzó mucho más rápido y las horas de visitas finalizaron; sin embargo, la partida del señor y señora Horváth, había sembrado en el corazón de la joven Joska, una gran esperanza que prometía conducirle muy pronto a la felicidad.

El Sr. Horváth y Marely se retiraron del hospital, y la jovencita continuó escribiendo en su diario. Pasaron aproximadamente tres horas, y estaba cansada; tenía que dormir para levantarse temprano y regresar a esa vida libre que le esperaba. La casa de la familia Horváth, la tienda de antigüedades, y lo más importante, sus clases de meditación.

Joska, apagó la luz y comenzó a meditar, después de una breve relajación, se concentró, dio las gracias infinitamente a Dios, se reencontró consigo misma, y regresó a la realidad. Posteriormente vocalizó siete veces su mantra, y se preparó para dormir. Ella en esta oportunidad, logró conciliar el sueño rápidamente.

En esta ocasión reinaba la paz, y no se hizo presente ninguna visión tormentosa, o reveladora. Parecía que el universo, había culminados sus enseñanzas.

Un nuevo día llegó, y Joska despertó a las 6:30 AM; ella lavó su cara y sus dientes, tomó una ducha caliente, y se vistió muy presentable y formal, una falda a cuadros a la altura de las rodillas, medias blancas, zapatos de salir, blusa blanca y un hermoso abrigo negro; alrededor de su cuello, colocó la cadena con el péndulo de cuarzo rosa que le había regalado en Sr. Oláh.

Empacó sus pertenencias, en aquel viejo bolso que le había traído el Sr. Horváth, cuando llegó al hospital, y esperó. Los minutos ahora parecían años, y ella se comenzaba a inquietar. Eran cerca de las 7:30 AM, y tanto Marely como el Sr. Horváth, ¡no llegaban! Eso realmente le preocupó.

—¿Habrá pasado algo? —se preguntó, al momento en que una voz interna le dijo—: ¡Joska debes tranquilizarte!

No obstante, el reloj continuó avanzando y esos largos minutos le atormentaban; pues ella, no sabía con certeza si el asunto de su tutela, realmente se resolvería en ese momento.

XVII

Cuando el reloj marcó las 8:03 AM, el Sr. Horváth y Marely, llegaron. El rostro de preocupación de Joska, finalmente desapareció y su corazón sintió una inmensa libertad. La jovencita, estaba segura que ahora, todo se resolvería; no obstante, Zsiga en ese instante le dijo a la chica:

—Joska, ya tenemos la orden de alta del hospital, pero tienes que darte prisa o llegaremos tarde.

—Lo sé, Sr. Horváth, ¡estaba muy preocupada!; de mi parte estoy lista para retirarnos ¡ahora mismo!

La chica se despidió de las enfermeras rápidamente, y salió de la habitación acompañada de Marely, y del Sr. Horváth.

Aunque se encontraba mucho más tranquila, no pudo evitar que una lágrima corriera por su rostro, al momento en que caminaba por los pasillos del hospital. Marely, inmediatamente le preguntó que le sucedía, pero la jovencita le contestó:

—Sra. Marely, ¡no me pasa nada! Solamente sentí un poco de nostalgia por la ausencia y el vacío que ha dejado el pequeño Angyal después de su partida. ¡Que Dios lo tenga en su Santa Gloria!

—Bendito fue Angyal, y así será su destino Joska; él, ahora tendrá una nueva oportunidad, yo también lo extraño, pero contra los designios de Dios, no podemos ir.

—¡Lo sé, Sra. Marely!

Salieron rápidamente del Hospital, y el Sr. Horváth entregó al encargado de seguridad, la orden de alta de la chica, y se despidió.

En ese mismo lugar un taxi les estaba esperando para llevarlos rápidamente a su destino. Todos abordaron el automóvil y cerraron la puerta. En ese preciso momento, el conductor les preguntó:

—¿A dónde los llevaré?

—Debemos ir al centro de la ciudad, específicamente a los tribunales —dijo el Sr. Horváth.

El conductor los llevó al centro de la encantadora ciudad de Budapest. Pasadas las 8:10 AM, el Sr. Horváth le preguntó al conductor si podría darse prisa, y este; ¡le contestó afirmativamente! El tiempo pasó hasta que llegaron al juzgado.

El taxi se detuvo, y el Sr. Horváth abrió la puerta, salió del vehículo y seguidamente, salió la joven Joska y Marely.

La chica en ese momento empezó a sentirse algo nerviosa, pero Marely logró tranquilizarla rápidamente.

Ellos entraron juntos al juzgado y esperaron, para ser anunciados; el reloj marcaba las 8:27 AM, y la cita estaba fijada para celebrar la audiencia justamente a las

8:30 AM. Aquellos tres últimos minutos apenas sirvieron para respirar y relajarse.

Al ingresar a la sala de audiencias, se encontraban dos escritorios; a la derecha estaba el Dr. Demian Herceg; mientras que, a la izquierda se encontraba una representante del programa de servicio social; la Dra. Emma Gál.

En el centro del estrado, una gran silla, y un lujoso escritorio, se hallaba desocupado. Joska, Marely y su esposo, caminaron hacia donde estaba el Dr. Demian, y tomaron asiento. Seguidamente, entró un alguacil que anunció la llegada de la juez; su señoría, la Dra. Itzel Bíró.

Todos se colocaron de pie, hasta que la Juez ocupó su lugar e indicó a los presentes que podían tomar asiento, y dijo:

—Hoy, 17 de diciembre de 1978. Esta corte entra en sesión, para conocer de la solicitud N° 1.977-2. Sobre el procedimiento de colocación familiar de la ciudadana: Joska Viktória Levenson; nacida el día 1 de diciembre del año 1963. Tiene la palabra el abogado solicitante: Dr. Demian Herceg.

—Su señoría, Dra. Itzel Bíró, juez competente de conformidad con la materia y jurisdicción del caso. Los alegatos han sido presentados por escrito, con el objeto de solicitar formalmente en este acto, la tutela y colocación familiar de la ciudadana: Joska Viktória Levenson, a los ciudadanos: Zsiga Horváth y Marely de Horváth.

—Tiene la palabra el departamento de servicio social y sus representantes legales.

—Su señoría. Dra. Itzel Bíró. En virtud de la solicitud realizada por los ciudadanos: Zsiga Horváth y Marely de Horváth, quienes han recibido y culminado con éxito la formación correspondiente, para ser reconocidos ante la ley como colaboradores en el programa estatal de colocaciones familiares, y debido a su solvencia moral y económica, para encargarse de la tutela de la joven: Joska Viktória Levenson, declaramos que no encontramos argumentos, para rechazar dicha solicitud.

—Ciudadana: Joska Viktória Levenson, de conformidad con las declaraciones emitidas por las partes y de los argumentos planteados por el abogado solicitante; este juzgado le pregunta: ¿Está usted de acuerdo con la designación de los ciudadanos: ¿Zsiga Horváth y Marely de Horváth, como sus tutores, y representantes legales a partir de la presente fecha, hasta que cumpla su mayoría de edad?

—Estoy totalmente de acuerdo su señoría —dijo Joska.

—En virtud de no presentarse argumentos para rechazar dicha solicitud, y del poder que me confiere la ley. Decido otorgar la tutela de la ciudadana: Joska Viktória Levenson, a los ciudadanos: Zsiga Horváth y Marely de Horváth. Las partes pueden retirarse —dijo la juez Itzel, al momento en que hizo sonar un par de golpes con el mazo, desde el estrado.

Todos se levantaron de sus puestos y salieron del recinto. Estando nuevamente en los pasillos del juzgado, el Sr. Horváth estrechó la mano del Dr. Demian Herceg, y le agradeció por haber ganado el caso. La joven Joska y Marely, también le agradecieron y se despidieron de él. En ese instante, la chica comentó:

—Al fin Sr. Horváth, ¡todo esto ha terminado!

—No, te equivocas Joska —dijo Marely.

—¿Sucede algo? ¿No me digan que aún no podré ir a casa con ustedes?

—Claro que vendrás a casa con nosotros, pero esto lo debemos celebrar con un paseo por la ciudad. Caminaremos un poco, almorzaremos en un restaurant, y regresaremos a casa al caer la tarde.

La jovencita estaba muy emocionada y no encontraba las palabras que le permitieran expresar su agradecimiento. Simplemente se limitó a darle un gran abrazo, tanto a Marely como al Sr. Horváth.

Seguidamente, comenzaron a caminar buscando la salida del juzgado, para comenzar el paseo que prometía unirlos cada día más, como esa familia que comenzarían a ser de allí en adelante.

A la salida del juzgado, el Sr. Horváth, volteó su rostro, y vio a Ludolf Richter, quien se encontraba observándole fijamente con esa mirada cargada de odio y resentimientos que le caracterizaba. Él, no quería arruinar su día, así que le dijo a su esposa y a la jovencita, que debían darse prisa; no obstante, un grito se escuchó:

—¡Vaya, Vaya! Sr. Horváth, veo que ha conseguido lo que quería; aunque le confieso que es una lástima que haya manchado el nombre de su familia, haciéndose cargo de algo tan despreciable como una jovencita judía.

—¡Un momento! No le permito que se exprese así de mi familia —dijo el Sr. Horváth.

—Usted no es quien para permitirme o no que hacer; soy una persona poderosa y yo, simplemente me permito todo lo que me apetece. Si usted ha creído que, por lograr la custodia de esa jovencita, y de haber evitado que lo demandara por haberme golpeado, ha ganado, le cuento que está muy equivocado. Esto apenas ha comenzado, y le sugiero que se prepare.

—Sr. Ludolf Richter, ¿usted, me está amenazando?

—No, digamos que solo le estoy advirtiendo —dijo Ludolf, al momento en que señaló al Sr. Horváth de una forma muy intimidante.

En los ojos de Ludolf Richter, se podía ver la mirada cargada de resentimientos, frustraciones, y el odio que deseaba aflorar desde el lado más oscuro de su alma; pero Marely en ese instante, colocó una de sus manos sobre el hombro de su esposo y dijo:

—Zsiga, no caigas en sus provocaciones; recuerda que debemos irnos.

—Si amor, es hora de ser felices.

El Sr. Horváth y Marely se retiraron del lugar en compañía de la joven Joska. Quien aún se encontraba muy asustada por el repentino encuentro. Caminaron y como por arte de magia, ¡un taxi llegó! Ellos lo abordaron y le dijeron al conductor que los llevara a Buda, al otro extremo de la ciudad.

El atento conductor así lo hizo, y tomó la ruta que conducía hacia el fabuloso puente de las cadenas. Joska desde su niñez, vivió aferrada a una vida muy familiar, tanto ella como su tía Ada, salían muy poco. ¡Todo eso era prácticamente nuevo! Solamente en un par de ocasiones, había visitado el centro de Budapest, y extrañamente nunca cruzó el puente de las cadenas.

Las imágenes de la ciudad en un día de invierno; sencillamente, ¡eran una incitación a soñar! La joven Joska se encontraba muy animada y feliz; desde el automóvil observaba con detenimiento la arquitectura, y las construcciones tan hermosas que se interponían frente a ella, hasta que finalmente, pudo ver el majestuoso puente de las cadenas, atravesando el gran Rio Danubio casi a punto de congelarse por el frio. ¡Las anchas calles cubiertas de nieve y el aspecto del Parlamento, parecía ser el escenario de un encantador cuento! El automóvil cruzó la ciudad y el Sr. Horváth, le pidió al conductor que los llevará a la Iglesia de Matías. Cuando llegaron, Joska quedo totalmente encantada. El estilo gótico característico, los detalles de las posteriores influencias turcas, barrocas y las más recientes restauraciones neogóticas, eran un gran espectáculo para sus hermosos ojos.

En ese momento el taxi se detuvo, salieron del automóvil, y el Sr. Horváth le indicó a Joska y a Marely que habían llegado al punto de partida del gran paseo por la ciudad.

Tan pronto bajaron de aquel taxi, la chica miró el imponente templo desde su parte inferior, hasta la majestuosa cumbre de su torre principal. ¡En ese momento! Una extraña imagen cruzó por su mente; sin embargo, no pudo comprender con exactitud, su significado.

Ella tuvo una corta visión que duró solamente un par de segundos, y durante ese tiempo, observó la iglesia, pero a su lado, las personas y el contexto en general, se tornaba muy distinto. Joska, decidió no darle mayor importancia al asunto; y repentinamente, el Sr. Horváth, le comentó:

—Joska, te he traído aquí, porque este es un lugar muy especial tanto para Marely como para mí; más que un sitio histórico y turístico, representa algo muy importante a nivel personal; frente a este hermoso templo, le pedí a Marely que fuera mi esposa para siempre.

—¡Mi amor! Aún recuerdo ese momento como si ese día, fuese hoy —dijo Marely.

—¿En serio? —preguntó Joska.

—Sí, Joska —dijo Marely, y comentó—: jovencita, Zsiga y yo, nos conocimos en este lugar; hace un largo tiempo, y un año después de eso, me invitó a dar un paseo por la ciudad; sin embargo, cuando llegamos nuevamente a este sitio, un niño me entregó una rosa y una hermosa tarjeta con una letra grabada en ella. Posteriormente, comenzaron a llegar más niños e hicieron lo mismo; al final, Zsiga me ayudó a unir las tarjetas y pude ver que decía con exactitud la frase: ¡Marely cásate conmigo! En realidad, fue algo muy romántico.

—¡Dios, eso ha debido ser genial, y muy romántico en realidad! —respondió Joska.

—Verdaderamente así fue querida Joska.

—Pero ese no es el único motivo por el cual, hoy nosotros te hemos hecho llegar hasta aquí —comentó el Sr. Horváth.

—¿No les comprendo? —preguntó Joska.

En ese instante, un niño con un pequeño ramo de rosas se acercó y le dijo a Joska:

—Joska. ¡Bienvenida a la familia Horváth!

—¡No puedo creer que tuvieran este lindo detalle conmigo! —dijo la joven emocionada y abrazó tanto a Marely como al Sr. Horváth.

—Querida Joska, para nosotros, tu eres una nueva razón de vivir —contestó el Sr. Horváth.

—Gracias Sr. Horváth —dijo Joska, y de sus ojos brotó una lágrima.

—Solo queremos demostrarte que, a partir de hoy, serás como una hija para nosotros —expresó Marely.

La ocasión estaba marcada por los profundos sentimientos que comenzaban a unir, el destino de la chica con la familia Horváth, y esto era maravilloso. Joska sintió, que al fin, había recuperado todo y eso sencillamente era perfecto.

Seguidamente, continuaron el recorrido. Había mucho frio en las calles, pero eso, no impedía disfrutar de cada acontecimiento que tuviera lugar en ese día tan fascinante.

Las horas pasaban rápidamente, mientras el Sr. Horváth, Marely, y Joska, caminaban por las vistosas calles, sonriendo y conversando alegremente. La hora del mediodía, simplemente pasó desapercibida, y aún no habían almorzado. Así que entraron al primer restaurant que pudieron ver, pidieron la carta y comieron juntos como una familia.

Al salir continuaron caminando por las encantadoras calles, observaron a su alrededor, y compartieron momentos muy agradables.

Cuando el reloj marcó las 4:30 PM, el Sr. Horváth hizo que un taxi se detuviera frente a ellos, y lo abordaron; pues, era la hora de regresar; sin embargo, para la joven Joska, esto no era una mala noticia, ya que ella finalmente llegaría a la casa de la familia Horváth y no al hospital.

De regreso a casa, Marely, y el Sr. Horváth conversaban agradablemente. Joska observaba todo a su alrededor y suspiraba, ante la inmensa tranquilidad que estaba presente en su entorno; no obstante, las recurrencias de su pasado: ¡le aguardaban una sorpresa!

XVIII

E ran las 5:50 PM y el taxi había llegado a su destino; el Sr. Horváth abrió la puerta del vehículo, bajaron y entraron a la casa; ¡Joska suspiró! Marely en ese preciso instante, le dijo:

—Joska, queremos que nos acompañes a tu nueva recámara, y dejes allí tus pertenencias, luego bajaremos, prepararé el chocolate caliente, y partiremos un pastel que he preparado para celebrar la ocasión.

—Está bien Sra. Marely.

La chica comenzó a subir la escalera acompañada del señor y señora Horváth. Estando en la segunda planta de la casa, ellos le condujeron a la habitación que años atrás, perteneció a su pequeña; no obstante, Joska comentó:

—Sra. Marely, no creo conveniente todo esto; ¿realmente quiere que yo utilice la habitación de su difunta hija?

—Por supuesto querida Joska, nosotros ya lo hemos decidido —expresó el Sr. Horváth.

—Dios, ¡no sé qué decirles! —comentó Joska.

—Es realmente importante que aceptes. Ella siempre estará en nuestros corazones, y si hoy, tú estás aquí, es para enseñarnos a creer nuevamente en el aquí y ahora.

—Gracias, no saben lo feliz que me hace saber, que siempre contaré con su apoyo.

El Sr. Horváth y su esposa, salieron de la recámara. Joska se quedó allí por un instante, y colocó su maleta al lado de la cama. Luego salió, cerró la puerta y bajó hasta el comedor y escuchó cuando Marely le habló desde la cocina; la jovencita caminó hasta allá, y se sentó. Marely comenzó a platicar con ella, mientras preparaba la bebida para compartir en familia.

El tiempo avanzaba amigablemente, y en tan solo minutos. Todos se encontraban en el comedor, partiendo un pastel y disfrutando de la convivencia familiar. La chica le habló a Marely y al Sr. Horváth de todas sus experiencias en el hospital, e incluso, le llegó a comentar de la extraña visión; que por algunos segundos, se hizo presente en su mente, cuando llegaron a la iglesia.

El Sr. Horváth y su esposa, estaban muy sorprendidos de las cosas que Joska era capaz de percibir, y se sentían orgullosos de eso.

En ese instante, Joska comenzó a sentirse algo cansada y se despidió, ella quería retirarse a dormir temprano; así que subió a su recámara tan pronto el reloj marcó las 7:30 PM.

Por otra parte, el Sr. Horváth y Marely, subieron a la sala de meditación con el objeto de aprovechar el tiempo, y también dar las infinitas gracias a Dios.

La jovencita entró a la recámara y comenzó a organizar su ropa en el armario, después de eso, se cambió y se acostó. Estaba muy cansada y tan solo deseaba reponer las energías, pues el día había sido algo intenso para ella.

Joska vocalizó como siempre su mantra, y realizó una corta relajación, antes de conciliar el sueño. Seguidamente, se fue entregando al dominio del mundo astral.

De nuevo, escuchó frases agitadas, voces y gritos; sin embargo, la situación era muy confusa; su visión era borrosa y apenas, podía ver el entorno totalmente distorsionado, hasta que de pronto escuchó decir: ¡ya viene la ambulancia! En ese preciso momento, supo que algo malo le había pasado. Personas que vestían de blanco, caminaban junto a ella, y le hacían inquietarse demasiado, pero todo esto, duraría muy poco.

La mirada de la chica se desvaneció, imposibilitando le observar las imágenes borrosas y las sombras que aun podía visualizar. Había sido cegada por completo y el color negro, el silencio y la soledad, regresaron a su vida una vez más.

Por algunos minutos permaneció en un extraño limbo; un mundo inquietante; no obstante, ella conservó la calma. Al cabo de cierto rato, cientos de imágenes comenzaron a cobrar vida en su memoria; y en ellas, observó que se encontraba frente a la tienda de antigüedades del Sr. Horváth.

La imagen inicial que caracterizó sus visiones en esta oportunidad, le mostró la calle donde se encontraba ubicada la tienda, casi totalmente cubierta por la nieve. Durante esos minutos alcanzó a visualizar un conjunto de trágicas escenas en las cuales la sombra de un extraño sujeto, le apuntaba con un arma de fuego y le disparaba.

Repentinamente, ¡Joska despertó muy agitada!, y a pesar de haberse dado cuenta que todo había sido un sueño, su corazón aun palpitaba de manera descontrolada y con fuerza. Respiró profundamente en varias oportunidades para intentar conseguir la calma, y aun asustada, se levantó, abrió la puerta y bajo la escalera; se dirigió a la cocina y tomó un vaso con agua.

Después de eso, regresó a la recámara y se acostó en su cama. La joven intentaba conciliar el sueño, pero la inquietante imagen, no se lo permitía. Acaso ¿era un recuerdo de sus vidas pasadas? O tal vez: ¿una premonición? No obstante, comenzó a buscar la respuesta, y terminó convenciéndose a sí misma. —Tal vez, ha de ser una de mis anteriores existencias, lo sé —pensó la joven—. Y se tranquilizó.

La noche continuó avanzando y la joven Joska terminó vencida por el sueño sin darse cuenta.

Amaneció y Marely entró a su habitación con el desayuno en una bandeja; a lo que la chica respondió:

—Le agradezco mucho el gesto Sra. Marely, pero no se hubiera molestado.

—Tranquila Joska no es una molestia, simplemente quiero tener algunas atenciones contigo, y como aun te cuesta caminar por tu lesión en la rodilla, quise ayudarte.

—Lo sé Sra. Marely, y le estoy muy agradecida; sin embargo, puedo valerme por mí misma, de hecho, durante la noche, me tocó bajar hasta la cocina por un vaso con agua.

—¿Y eso por qué? ¿No podías dormir bien?

—Señora Marely, anoche me quedé profundamente dormida tan pronto me acosté; sin embargo, tuve un extraño sueño, o mejor dicho una pesadilla. En ella, no podía observar las cosas con claridad, al principio. Pero alcancé a ver muchas imágenes; después de eso, observé a un extraño sujeto frente a mí, y él, me disparó con un arma.

—¡Dios mío! Joska me preocupa mucho todo eso.

—No hay nada que deba preocuparle Sra. Marely, imagino que este sueño al igual que los demás, debe estar vinculado a mis anteriores existencias.

—Sí, es posible, pero de igual manera, has debido avisarme.

—Estaré bien Sra. Marely, se lo prometo.

La jovencita comenzó a desayunar, mientras Marely permanecía a su lado. Pues la Sra. Horváth, estaba encantada de tener a Joska en su casa, y le pedía internamente a Dios, que le diera el privilegio de vivir momentos como esos durante toda su existencia.

Tan pronto la chica terminó su desayuno, se cambió de ropa y bajo a la cocina. Donde se quedó conversando amigablemente con Marely por un rato.

De pronto, el Sr. Horváth entró a la casa, luego de remover la nieve que se acumulaba en la entrada. Él se quitó los guantes, tomó en ese momento una taza de chocolate caliente, y le dijo a la chica:

—Hola Joska, ¿cómo amaneces?

—Bien Sr. Horváth.

—¿Qué te sucede? ¡Luces algo triste!

—Amor, Joska tuvo una pesadilla anoche y aún está algo asustada —dijo Marely.

En ese momento, el Sr. Horváth tomó la mano de la joven y le comentó que todo estaría bien, y esto logró tranquilizarla; seguidamente, dijo:

—Joska, dentro de un rato, debemos ir a la antigua casa de tu tía, a buscar todas tus pertenencias y traerlas.

—Sí, Sr. Horváth, yo también había pensado en eso, y estaba por decirle.

—Si gustan, puedo ir con ustedes y ayudarles a empacar —dijo Marely.

—Por supuesto que puede acompañarnos Sra. Marely, y le confieso que estoy muy agradecida.

Joska y su nueva familia, continuaron conversando de manera muy grata por algunos minutos hasta que el Sr. Horváth, expresó:

—Debemos darnos prisa, Joska ve por un abrigo, para ir a tu casa y traer todo lo que te haga falta. Después que regresemos, tú acompañarás a Marely aquí en casa, mientras yo me voy para abrir la tienda.

—Sr. Horváth, ¿yo podría ir a la tienda? —dijo Joska en ese instante con mucha curiosidad.

—Joska, recuerda que aun estás de reposo. No debes agitarte demasiado; así que no lo creo conveniente y tendrás que permanecer en casa.

—Está bien le comprendo Sr. Horváth.

La jovencita subió a su recámara y se colocó el abrigo que el Sr. Horváth le había regalado para ir al juzgado, y también el péndulo de cuarzo rosa que le obsequió el Sr. Oláh. Regresó a la sala, donde el señor y señora Horváth le esperaban y salieron juntos, para tomar el taxi.

Llegaron a su destino y la jovencita abrió las puertas de la casa. Entraron y aguardaron en la pequeña y humilde sala. La chica entró a la recámara y vació todo su armario, tomó toda la ropa y la empacó en una maleta, su calzado en otra, pero aún faltaba algo. Debía conseguir la manera de llevar con ella todos sus libros, y algunas otras pertenencias que representaban un gran valor inmaterial para ella. En vista de eso, el Sr. Horváth, comentó:

—Tranquila Joska, si quieres puedes traer tu ropa, y lo que en realidad sea necesario por ahora; posteriormente, yo podría venir a buscar lo demás.

—Está bien así lo haré Sr. Horváth.

Joska tomó una gran maleta en la cual se encontraba toda su ropa y útiles personales, y otra, con el calzado. Las colocó frente a la puerta y el resto de las pertenencias, las dejó en una caja, en la sala de la casa, para que el Sr. Horváth, viniera a buscarlas en otro momento.

El Sr. Horváth tomó el equipaje de la chica y todos salieron, Joska cerró la puerta y tomaron otro taxi que los llevaría de regreso a la casa de la familia Horváth.

Llegaron y la joven subió a su recámara acompañada del Sr. Horváth, quien en todo momento se encargó del pesado equipaje. Luego se despidió, y Joska comenzó a organizar sus prendas de vestir en su nuevo armario. Marely en ese momento, entró a la recámara de la chica y le dijo:

—¿Puedo ayudarte Joska?

—Sí, Sra. Marely, en realidad se lo agradezco.

Marely le indicó a Joska que se sentara en la cama, mientras ella terminaba de organizar todo. La chica así lo hizo, y continuó conversando con la Sra. Horváth.

Tan pronto Marely, organizó las pertenencias, se retiró para que la joven pudiera descansar, y le dijo que, si necesitaba algo, simplemente la llamara en voz alta, y ella subiría a la habitación inmediatamente.

Luego se marchó para continuar con sus ocupaciones cotidianas, mientras Joska, aprovechó la oportunidad para meditar. Una vez acostada, la chica comenzó a relajarse, y se desprendió de los temores. Se liberó de los pensamientos y sentimientos innecesarios, y comenzó a experimentar esa agradable sensación de tranquilidad y paz interior.

¡Todo en ese momento era perfecto!

La chica alcanzó un espléndido estado de relajación, que le hacía sentir en las nubes. Su mente se aquietó de tal manera, que el vacío dejado por la ausencia de pensamientos; permitía que su Ser, pudiera expresarse dentro de ella con total libertad, y en ese instante, escuchó una ligera y dulce voz que le susurró al oído, catorce frases recitadas a manera de versos:

La vida es la inolvidable experiencia,
mágico reencuentro con tu Ser;
un sublime recuerdo para ver
dentro de ti, la expresión de tu esencia.

El espacio que expresó tu conciencia,
en la eterna lucha por emprender,
el camino al arte de comprender;
el verdadero fin de tu existencia.

Mágico destino, te hará saber
que un duro pasado, y su recurrencia;
marcarán tu camino, en consecuencia.

Hoy el presente, te hace padecer:
el karma a lo largo de tu existencia;
La ley de causa y efecto: es la ciencia.

Esas inolvidables palabras, de allí en adelante quedarían grabadas en su conciencia. Joska, sabía que eso, debía ser una revelación; ¡nada en el universo, pasa por casualidad o azar! Estaba segura que la sabiduría, al fin había tocado a las puertas de su alma; pero aun, tenía que descifrar el encantador mensaje; no obstante, era su propia conciencia, quien le haría comprender cada frase, cuando simplemente; ¡llegara el momento indicado! Así que la chica, no se desesperó, y sencillamente decidió esperar que el destino, al final se encargara de revelar, el significado de sus propias letras.

Las horas pasaron y Joska, poco a poco, comenzó a regresar de su magnífico estado de relajación. Pudo sentir el descenso, cada vez que atravesaba los sublimes planos energéticos, y finalmente: comenzó a sentir un hormigueo en su cabeza, y la característica presión en la coronilla de su cráneo.

Estas sensaciones se intensificaron y nuevamente, sintió que una presencia superior, le observaba. Abrió lentamente sus ojos, y algunos ligeros rayos de luz entraron. Podía ver el mundo real con total claridad, y su estado de ánimo le hacía experimentar una intensa felicidad.

En ese instante, sintió que la vida, era una experiencia inolvidable, y comprendió que durante la meditación: ¡se había reencontrado con su Ser! De pronto, un recuerdo se hizo presente, y en él, Claudia decía: soy la luz de mi alma, y he llegado para borrar las oscuras sombras del pasado. Joska, supo inmediatamente que el destino, le estaba explicando el profundo significado del poema que hace tan solo minutos, le había sido revelado.

Entendió que la vida no era un simple espacio de tiempo, sino una gran escuela en la cual se viven inolvidables experiencias. Un lugar para reencontrarse con su propio Ser, y recordar ese mágico despertar que borrará las sombras del pasado y sus karmas, a través de la expresión de la esencia.

Ahora Joska, sabía que su conciencia necesitaba espacios para expresarse, y esto, solo era posible al dejar de pensar; sin embargo, liberarse permanentemente de los pensamientos; ¡era una eterna lucha! Muy difícil, pero necesaria para alcanzar el arte de comprender la verdad de su propia existencia.

Ella comenzaba a entender que el destino, le estaba revelando las recurrencias de un oscuro pasado que indudablemente marcaria su camino y le haría pagar sus karmas en el presente, con el fin de hacerle saber que toda acción del hombre tiene una respuesta del universo.

Pasada la hora del mediodía, la Sra. Horváth tocó la puerta de la recámara; seguidamente Joska contestó:

—Puede pasar Sra. Marely.

—Joska, tu comida está servida, ¿puedes bajar al comedor? —preguntó Marely, al momento en que abrió la puerta.

—Por supuesto Sra. Marely, ¡bajaré de inmediato!

Marely se retiró, y la joven Joska después de lavar su cara, bajó la escalera y caminó hasta el comedor. La chica tomó asiento y la Sra. Horváth se sentó a su lado, ambas realizaron una pequeña oración, dieron gracias a Dios, y disfrutaron de los alimentos.

Al finalizar el almuerzo, la joven Joska se ofreció para ayudar a la Sra. Horváth a lavar los platos; sin embargo, ella no aceptó su ofrecimiento; no obstante, la chica caminó hasta la cocina, y acompañó a Marely. Conversaron entretenidamente por un largo rato; cuando el reloj marcó las 3:00 PM, alguien tocó a la puerta y la joven contestó:

—¡Un momento por favor!

—Tranquila Joska, ¡yo abriré! —dijo Marely.

La Sra. Horváth abrió la puerta y desde la sala le dijo a la jovencita:

—¡Joska! Ven a la sala, tienes visita.

—Pero: ¿quién es? —preguntó Joska, algo intrigada, pues no esperaba ser visitada.

La joven caminó hasta la sala, y allí se encontraba el Sr. Oláh. Ella se sorprendió al verlo y le saludó alegremente:

—¿Cómo está Ud. Sr. Oláh?

—Excelente Joska, ¡excelente!

—Le confieso que me sorprendió mucho su visita.

—Sí, me lo imagino, hoy realicé algunas compras en la tienda del Sr. Horváth, y él, me indicó la dirección, espero no incomodarles por haber llegado sin avisar.

—Para nada Sr. Oláh, su presencia siempre será muy grata para nosotros —contestó Marely.

—Me alegra saberlo Sra. Horváth —dijo el Sr. Oláh.

—Sr. Oláh, ¿Desea tomar una taza de café o chocolate caliente?

—Gracias Sra. Horváth, un café estará bien.

Mientras Marely fue a la cocina a preparar el café que había ofrecido a su atenta visita. Joska conversaba amigablemente con el Sr. Oláh. Pasaron los minutos y la Sra. Horváth, regresó con la taza de café, la entregó al Sr. Oláh, y también ella se sumó a la agradable conversación. Cerca de las 5:40 PM, el Sr. Oláh se despidió y le deseó a Joska una pronta recuperación.

En ese momento, llegó el Sr. Horváth y saludó al Sr. Oláh, quien le indicó que ya iba de salida. Después de tal despedida, Zsiga le preguntó a Joska:

—¿Cómo te sientes?

—Sr. Horváth, me he sentido ¡excelente!

—Dios Joska, ya respondes como el Sr. Oláh: ¡excelente! Me alegra mucho verte así —dijo Zsiga.

—Sr. Horváth, es que las cosas me están saliendo tal y como las había esperado. La respuesta del universo es muy grata, y la motivadora visita de nuestro amigo, el Sr. Oláh, me tiene muy contenta —expresó Joska.

—¡Qué bien! Me alegra saberlo —dijo el Sr. Horváth.

La conversación continuó por algunos minutos, al igual que la inmensa alegría de la jovencita. A eso de las 7:00 PM, Marely había servido la cena y después de orar y dar gracias, comieron juntos como una familia.

Todos caminaron hasta la sala y conversaron; a las 8:40 PM, Joska se despidió para ir a dormir y poco a poco subió hasta su recámara, mientras el Sr. Horváth y Marely continuaron hablando en la sala.

La chica se cambió de ropa y se acostó. Estando en su cama, realizó una corta práctica de meditación, como ella siempre lo hacía, y después, se entregó al fascinante mundo de los sueños, aun sin saber que durante esa noche; recibiría del universo, una gran revelación que definitivamente marcaría el futuro de la familia Horváth.

XIX

Joska, se encontró nuevamente en la iglesia de Matías, y todo eso le resultaba extraño; no había nadie a su alrededor; De pronto, una anciana, le sorprendió; la chica al principio se sobresaltó, pero logró calmarse rápidamente; no obstante, sintió mucha curiosidad y preguntó:

—Señora, me podría indicar ¿a dónde fueron todos?, ¿qué estoy haciendo aquí?

—Jovencita, posiblemente estás enmendando los errores del pasado —contestó la venerable anciana.

—No le comprendo, ¿cuáles son esos errores del pasado?, ¿qué debo hacer?

—Hija, solo confía en tu corazón, y se portadora de buenas nuevas; tú llevarás el mensaje, y tus protectores sabrán que hacer; ellos lo sentirán tan bien en sus corazones.

—Pero señora: ¿quiénes son mis protectores?

—Despertarás ahora rompiendo en llanto, y sabrás que no estás sola; tus protectores vendrán, e intentarán calmar tu dolor, pues ellos, están a tu lado para consolidar los planes del universo.

La chica en ese instante comenzó a sentir una inmensa desesperación de manera inexplicable, y despertó gritando tal como había indicado la venerable anciana, durante el revelador sueño. Joska, ¡rompió en llanto de manera descontrolada! En ese momento, la puerta de la habitación se abrió rápidamente, y tanto Marely como el Sr. Horváth, entraron y abrazaron a Joska; se encontraban preocupados e intentaban calmarla; la jovencita poco a poco se tranquilizó, y supo que ellos eran sus protectores.

Cuando finalmente Joska se calmó, contó su sueño a la señora y señor Horváth. De pronto, Marely comenzó a sentir algo, era un sentimiento muy intenso que le impulsaba a volver a la Iglesia de Matías. En ese momento, el Sr. Horváth comentó:

—¿Qué buscaremos en la iglesia?

—¡Santiago!

—¿Que dices Joska? —preguntó Marely.

—Señora Marely, no lo sé; no comprendo porque me vino a la mente, el nombre de Santiago, así de repente.

—Joska, mañana a primera hora, iremos nuevamente a la Iglesia de Matías —dijo el Sr. Horváth.

Todos regresaron a sus respectivas habitaciones, aun cuando la tensión en el ambiente, posiblemente no les permitiría dormir tranquilos. Joska cerró sus ojos e intentó descansar, pero se le hacía muy difícil conciliar el sueño. Esa larga noche finalmente pasó, y el despertador anunció un nuevo día.

El Sr. Horváth y Marely, ya se habían levantado de la cama y se encontraban en la cocina. Joska bajó para hablar con ellos, y les dijo:

—¿Iremos ahora a la iglesia Sr. Horváth?

—Sí, Joska ¡nos iremos ahora mismo! ¿Vendrás con nosotros?

—Claro que Iré Sr. Horváth, para mí es muy importante enfrentar lo que sea que esté por suceder.

—¡Solo espero que todo esto no sea una mala noticia! —respondió el Sr. Horváth.

El taxi llegó y tanto Joska como el señor y señora Horváth, partieron rumbo a la Iglesia de Matías.

Durante el camino a Buda, en el centro de la ciudad, no hubo tema de conversación; pues la preocupación, no lo permitió. Pasaron casi 40 minutos y el taxi finalmente llegó a la iglesia.

Ellos bajaron y comenzaron a recorrer las solitarias y heladas calles. ¡De pronto! Joska creyó ver a la anciana del sueño, y caminó rápidamente hasta la parte posterior del templo, aun cuando las muletas no le permitían correr. El Sr. Horváth y Marely la siguieron, y en ese instante: ¡vieron un niño que yacía en la nieve! El Sr. Horváth corrió para auxiliar al pequeño, quien aún se encontraba vivo. Ellos pidieron ayuda y lo llevaron de inmediato, al mismo hospital donde habían atendido a la joven Joska.

La historia parecía repetirse. El personal médico atendió al chico y lograron estabilizarlo, aun cuando, no se explicaban; ¡cómo pudo sobrevivir al inclemente frio! Las horas de la mañana pasaron, y el Sr. Horváth, llevó a Joska y a su esposa Marely, para que pudieran desayunar en la cafetería del hospital, mientras él, solamente tomó una taza de café.

Ya era mediodía, y el chico despertó. En ese momento, le informaron al Sr. Horváth, que todo estaría bien; no obstante, debían cumplir nuevamente con el procedimiento, e informar al departamento de servicio social.

El Sr. Horváth, le preguntó al médico de guardia, si al menos, podrían ver al niño, y este accedió.

Tanto el señor y señora Horváth, como la joven Joska, subieron para visitar al chico en su habitación, y terminaron recibiendo la mayor impresión de sus vidas. ¡Todo parecía haber sido planificado por el destino! El pequeño, se encontraba en la habitación 112, y justamente en la cama que ocupó Joska cuando estuvo hospitalizada.

Eran demasiadas emociones para un solo día, sin contar que aun, había algo muy importante por descubrir.

—¿Cómo te llamas? —preguntó la joven Joska.

—Saaaaaannntiaaago —respondió el chico, quien a duras penas podía hablar.

Tanto Marely como Zsiga, estaban asombrados, Joska se sintió impresionada, y en ese instante, fue cuando todos comprendieron que Santiago marcaría el destino de la familia de allí en adelante.

La tarde pasó rápidamente, y tanto Joska como el señor y señora Horváth. Regresaron a su casa, aun cuando les intrigaba el futuro del chico. Ellos en realidad, sabían muy poco sobre él. Llegó la noche y la jovencita se mostraba muy pensativa. En ese momento, el Sr. Horváth le preguntó:

—¿Aun te sientes mal por lo que ha sucedido con ese niño?

—En realidad ¡sí! Sr. Horváth.

—Es muy triste, pero al menos logramos hacer algo por él.

—Es cierto Sr Horváth, pero esto no ha terminado.

—¿A qué te refieres Joska? —preguntó el Sr. Horváth.

—Sr. Horváth, tanto Marely como yo, pudimos observar a ese chico en sueños y visiones, y en el fondo de mi corazón, siento que todo esto no ha culminado; creo que el destino, no solo quería que lo lleváramos a ese hospital, algo me dice que muy pronto, volveremos a saber de él.

—Extrañamente, yo siento lo mismo que tú querida Joska —dijo Marely.

—Esperemos que todo sea para bien —contestó el Sr. Horváth.

—Amor, así será —expresó Marely.

Todos hicieron silencio, y la Sra. Horváth comentó que iría a la cocina a preparar la cena. El Sr. Horváth encendió la tele, con el objeto de cambiar el estado de ánimo que se albergaba en el ambiente, y la joven Joska se ofreció para ayudar a Marely. Las cosas comenzaban a normalizarse.

Al cabo de cierto tiempo la familia Horváth estaba compartiendo agradablemente en el comedor. Cenaron juntos, conversaron por un largo rato y cuando se detuvieron a ver el reloj, ya eran las 9:45 PM. Joska se despidió para ir a dormir. El Sr. Horváth y su esposa Marely le dieron las buenas noches y también se despidieron.

La chica subió la escalera y caminó hasta su recámara, entró y se acostó en su cama. Como siempre solía hacerlo, apagó la luz, e inició una práctica de relajación.

Estando plenamente relajada y concentrada, vocalizó su mantra, una y otra vez. Hasta que sin darse cuenta: ¡cruzó el umbral que une el plano de la realidad con los sueños! En esa oportunidad, se encontró en un lugar mágico y hermoso, un gran jardín, en él, las flores parecían sonreírle a la vida, y el cantar de los pájaros, se convertía en esa dulce melodía que alegraba el alma.

No obstante, al voltear la mirada, ¡alcanzó a ver al pequeño Angyal! Ella en ese instante, preguntó: ¿Angyal? Sin embargo, el chico no le respondió; simplemente señaló algo muy lejano.

La jovencita intentó mirar lo que era, y vio al señor y señora Horváth, quienes caminaban tomando a un niño por ambas manos. Joska despertó y observó la hora, eran las 11: 00 PM. Así que volvió a cerrar sus ojos, e intentó conciliar nuevamente el sueño. La chica rápidamente se volvió a quedar profundamente dormida.

A la mañana siguiente, se levantó de la cama, lavó su cara y sus dientes, y tomó sus muletas para bajar a la cocina, donde se suponía que encontraría a Marely; pero al llegar allí, algo inusual le extrañó. La Sra. Horváth no estaba en la cocina, y tampoco Zsiga se encontraba en la casa. Eso le inquietó, observó el reloj de pared y ya eran cerca de las 10:30 AM, continuó caminando y en la mesa del comedor; estaba su desayuno y una nota que decía:

¡Querida Joska!

Este, es tu desayuno.

Zsiga y yo, tuvimos que salir debido a que recibimos una llamada urgente del servicio social. Tal vez, tardemos en llegar, pero no queremos que te preocupes.

¡Te quiero!

Firma: Marely.

La jovencita se sintió algo intrigada, pero decidió esperar que Marely y el Sr. Horváth, llegaran a casa, y le contaran lo que había sucedido. Tomó su desayuno, y después de comer; se sentó en la sala y comenzó a leer un libro.

Las horas pasaron y ya era la 1:30 PM. En ese momento, la Sra. Marely, entró rápidamente.

—Hola querida Joska, ¿espero que hallas estado bien? —dijo la Sra. Horváth.

—Si lo estuve Sra. Marely, aun que me sorprendió su repentina salida.

—Te comprendo Joska.

—¿Y el Sr. Horváth? ¿Pensé que él, se encontraba con usted?

—De hecho, ¡si estaba conmigo!, pero se fue para abrir la tienda.

—Le comprendo, ¿que fue eso que sucedió?

—Joska, te contaré: hoy, a primera hora, recibimos una llamada del departamento de colocaciones familiares del servicio social, era la Dra. Emma Gál.

—¿Es algo sobre mi tutela? acaso ¿decidieron enviarme a otro hogar sustituto?

—Tranquila Joska, lo que sucede no está relacionado contigo aparentemente.

—¿Por qué dice aparentemente? ¡No le entiendo Sra. Marely!

—Verás te explicaré: la Dra. Emma, revisó nuestro estatus socioeconómico, y examinó detalladamente las entrevistas que nos hicieron cuando solicitamos ser tu hogar sustituto.

Allí, respondimos que después de la muerte de nuestra hija, pensamos en la adopción, aun cuando no realizamos los tramites. Seguidamente nos preguntaron si esos planes, persistían, a lo que tanto Zsiga como yo, respondimos de manera afirmativa.

Hoy, ella nos preguntó: si estaríamos dispuestos a encargarnos oficialmente de la tutela temporal de un niño, mientras él, era colocado en adopción, y para nuestra mayor sorpresa: ¡se trataba de Santiago!

—¿En serio? ¡No puedo creerlo! Pero ¿qué dijo el Sr. Horváth?

—Joska, ¡aceptamos! Y no solo la tutela temporal; Zsiga y yo, decidimos que iniciaremos todos los trámites correspondientes para su adopción. Hemos decidido que ese chico va a ser nuestro hijo, y para ti será como un hermano.

—¡Dios! Sra. Marely eso es genial, me alegra mucho saberlo.

La joven Joska estaba muy complacida de saber que Santiago, al fin tendría un hogar; y tanto ella como

Marely, caminaron juntas a la cocina y se encargaron de preparar el almuerzo. Las horas de la tarde pasaban rápidamente y cuando el reloj marcó las 3:00 PM, la señora Horváth le dijo a la jovencita:

—Joska, me gustaría que subiéramos a la sala de meditación e hiciéramos algunas prácticas.

—Está bien Sra. Marely.

Ambas subieron a la sala de meditación, y Marely le indicó a la chica que se debía sentar en una silla, que ella en ese momento introdujo en el lugar. La chica tomó asiento y comenzó a relajarse, hasta que entraron en una profunda meditación. Repentinamente, un pensamiento se hizo presente. La anciana del sueño apareció y mostró una gran sonrisa.

La chica a pesar del pensamiento, no se desconcentró; mantuvo su mente en blanco y solo el mantra: *Om Mani Padme Hum*, podía escucharse. La calma, al final le condujo a ese estado inimaginable que usualmente alcanzaba, cada vez que meditaba.

El tiempo avanzó lentamente, y la práctica concluyó después de una hora; tanto la Sra. Horváth como ella, regresaron al mundo real, y bajaron para tomar juntas una taza de té; estando en la cocina, sonó el teléfono.

—Hola ¿Quién habla? —contestó Marely.

—Buenas tardes, ¿me podría comunicar con la Sra. Marely Horváth?

—Sí, soy yo.

—Le estamos llamando del departamento de servicio social, para indicarle: que dentro de 72 horas, se formalizará la colocación familiar del niño Santiago. Será el día 23 de diciembre a las 9:00 AM, le agradecemos que usted y el Sr. Horváth, vayan juntos al departamento de servicio social, oficina de colocaciones familiares aprobadas.

—Pero: ¿no será un acto realizado por el juzgado?

—No Sra. Horváth, en este caso la colocación familiar se procesará de oficio, porque el departamento es quien decidió el hogar sustituto a diferencia del caso anterior, el cual fue solicitado por ustedes.

—¡Le comprendo y allí estaremos!

—Que tenga un buen día Sra. Horváth, hasta pronto.

La Sra. Horváth colgó el teléfono y comunicó la excelente noticia a la joven Joska. Todo era genial y los acontecimientos parecían haber sido planificados por el universo. Esa tarde finalizó y el Sr. Horváth llegó; Joska y Marely le informaron de lo sucedido y este se alegró increíblemente; a eso de las 7:00 PM, cenaron, conversaron y se retiraron a dormir.

Durante esa noche la joven no pudo recordar sus sueños; nada trascendente pasó, pero alcanzó a descansar con plenitud. Amaneció y el día prometía ser algo rutinario.

En la mañana comenzó a leer, en la tarde meditó, y al caer la noche, disfrutaron conversando en familia hasta que la hora de ir a dormir simplemente llegó; sin embargo, el día siguiente prometía ser muy diferente. Joska ese día tenía cita con el Dr. Jankovics y posiblemente, le retirarían la férula de su rodilla.

El despertador sonó muy temprano en la mañana. Joska se arregló y se vistió, para ir al hospital en compañía de Marely, mientras el Sr. Horváth, se preparaba para ir a la tienda.

Después del Desayuno, llamaron para pedir un taxi, y esperaron. Eran las 8:00 AM cuando salieron juntos de la casa, primero pasaron por la tienda donde se quedó el Sr. Horváth, y posteriormente, Marely y la jovencita siguieron en el vehículo rumbo al hospital.

Al llegar a su destino, tanto la chica como Marely, bajaron del taxi y caminaron hasta la entrada del hospital. Allí le informaron al encargado de seguridad, que la joven Joska tenía una consulta pendiente con el Dr. Jankovics, y este les indicó donde se encontraba su consultorio. La Sra. Horváth tocó la puerta y escuchó al médico decir:

—Puede pasar.

—Joska y Marely entraron y le dijeron al Dr. Jankovics, que se encontraban allí porque ese día, Joska tenía que asistir a la cita médica con él.

—Bien, veamos cómo está tu rodilla Joska, debes acostarte en la camilla.

La chica así lo hizo, el doctor inmediatamente la examinó, y ordenó realizar nuevamente una radiografía. Joska salió del consultorio y caminó en compañía de una enfermera, hasta el área de Rayos X, y en aproximadamente media hora, estaba de vuelta en el consultorio.

En ese momento, el Dr. Bernát Jankovics Observó detalladamente las placas y les comentó que la pequeña fisura había sanado completamente, e indicó a la enfermera que retirarían la férula.

Después de hacerlo, examinó la rodilla de la joven, e indicó un tratamiento para el dolor, en caso de ser necesario. En ese instante, Marely le preguntó al doctor si Santiago aún se encontraba en el hospital, y él, respondió afirmativamente.

—Disculpe Dr. Jankovics ¿podríamos pasar a verlo?

—Sí, no veo ningún problema Sra. Horváth, pero aun, ¿no comprendo su interés en ver al chico?

—Verá doctor, mi esposo y yo, fuimos citados por el servicio social hace un par de días, se nos consultó si podríamos encargarnos de él, y decidimos aceptar. A partir de mañana, nosotros seremos sus representantes legales, al igual que sucedió con esta chica.

—¡Esa es una buena noticia! Y de verdad es admirable lo que usted y su esposo han hecho, estoy seguro que

Dios les recompensará; puede subir, casualmente, está en la habitación 112.

—Gracias doctor.

La Sra. Horváth y Joska subieron a la habitación 112 y entraron. El chico estaba allí, y al ver a Marely, sonrió como si conociera plenamente su destino. Joska le saludó, y Marely le preguntó:

—¿Cómo te sientes?

—Bien, y gracias por traerme aquí —contestó Santiago.

—Tranquilo, mañana estarás mucho mejor.

—Es cierto Santiago, ya verás, todos saldrá bien, cuando mañana... —dijo Joska, aun cuando Marely no le dejó terminar la frase que le haría saber al niño, que ese día tendría un nuevo hogar.

En ese instante la jovencita se sintió algo apenada, e hizo silencio; sin embargo, Marely conversó un poco con el niño y cuando pasaron algunos minutos, ella y Joska se marcharon a casa nuevamente. Durante el camino, la chica sintió curiosidad y le preguntó a Marely:

—Sra. Marely ¿por qué no dejó, que le diera la noticia al niño?

—Verás Joska, aun cuando se resolvió que nos darán su custodia, es un asunto muy delicado. Si por alguna razón eso no sucediera, hubiéramos sembrado en el chico una falsa esperanza, eso lo defraudaría y le haría sentir muy mal. De todas formas, tengo fe en que todo cambiará para él.

—Le comprendo Sra. Marely, y tiene razón no había pensado en esa posibilidad.

—Tranquila Joska, sabes que no lo hice por mal, y disculpa, debí advertirte antes de entrar a la habitación del chico.

—No se preocupe Sra. Marely, el error fue mío.

Joska y Marely continuaron conversando mientras iban en el taxi de regreso a casa.

Después de llegar y almorzar, la joven subió a su habitación para descansar un rato. Marely se despidió de ella, y le dijo que podían meditar un rato a eso de las 4:00 PM, a la chica le pareció buena idea y aceptó.

Pasaron las horas, y aun cuarto para las cuatro, Joska se levantó y entró acompañada de Marely a la sala de meditación. En esta ocasión, la Sra. Horváth, le dijo que no estaban allí, simplemente para relajarse y meditar. Le comentó a la chica que debían dar gracias a las divinidades y al universo, por haberles conducido a esos maravillosos instantes donde finalmente se corregían los errores del pasado. Aun cuando en ese momento, desconocían que esos errores, no acababan de enmendarse, y para ello, quedaban pendientes las pruebas más difíciles de afrontar.

XX

E sa tarde pasó y después de la meditación, llegó el Sr. Horváth. Rápidamente anocheció y todos cenaron en familia; sin embargo, en el ambiente se podía sentir el deseo de compartir todos estos momentos con Santiago, quien, a partir de mañana, sería un integrante más de la familia Horváth.

Después de la comida, conversaron un rato y Joska se despidió para ir a dormir.

La noche transcurrió sigilosamente y sin manifestar ninguna señal. De hecho, la joven Joska no pudo recordar sus sueños. Simplemente despertó a la mañana siguiente, animada y con gran energía.

Eran cerca de las 7:30 AM, y aun, tanto el Sr. Horváth como Marely se encontraban en casa. La jovencita se cambió de ropa y salió de la recámara, bajó la escalera y caminó hasta la cocina, donde se encontraba Marely conversando con el Sr. Horváth. En ese instante, Joska les preguntó:

—¿Irán a la oficina del servicio social ahora?

—Por supuesto Joska, dentro de algunos minutos nos iremos, y disculpa que no sea posible llevarte con nosotros.

—No se preocupe Sr. Horváth, gracias —dijo Joska.

—Jovencita ¿quieres tomar ahora tú desayuno, o deseas que lo dejemos en la mesa del comedor?

—¡Lo tomaré ahora mismo!

Marely le sirvió el desayuno a la joven Joska, quien aprovechó de comer en compañía del señor y señora Horváth. Después de eso, ellos se marcharon al departamento de servicio social, y la chica, subió la escalera y entró nuevamente a su recámara.

Reposó por algunos minutos, al cabo de un par de horas, volvió a salir de la recámara y caminó hasta la sala de meditación. Estando allí, se sentó en el suelo, aun cuando su rodilla le molestaba un poco; no obstante, logró colocar sus piernas en posición birmana, que era una postura poco exigente a la hora de meditar. Cerró sus ojos, juntó las palmas de sus manos y su mente se liberó de los pensamientos.

Estuvo así por casi media hora, y en ese mágico instante comenzó a experimentar una extraña sensación. Era nuevamente esa presión en la coronilla de su cráneo, pero esta vez, sintió un pequeño impulso eléctrico que atravesó su cabeza; sin embargo, no sentía dolor, era una sensación muy suave tal y cómo si una gran energía comenzara a radicarse en su interior.

En ese momento, intentó separar las palmas de sus manos, y en esta ocasión, sintió el magnetismo. Joska, ¡no se alarmó! Sencillamente, comenzó a vocalizar su mantra sagrado, el mayor de los mantras que había conocido en su actual existencia: *Om Mani Padme Hum.*

Al cabo de media hora, podía sentirse tan ligera, que el peso de su cuerpo parecía desafiar la ley de gravedad; sentía que levitaba, y en su interna realidad llegó a creer que realmente flotaba en el aire. En su interior, la paz y el inmenso sentido de libertad, le hacían amar cada vez más, el mundo de la espiritualidad.

Ya habían transcurrido casi tres horas de meditación y Joska, dio las gracias a su Ser, y emprendió el retorno al mundo de la realidad. En ese instante, ella creyó que estaba abandonando el paraíso, el increíble mundo de lo perfecto, simplemente para regresar al abismo de la realidad.

Poco a poco fue regresando al plano material, y resultaba inevitable; que junto a ella, regresaran también las ideas. Bien podría decirse que la mente humana, no es más que la prisión de la esencia; sin embargo, no resulta nada justo, hacer culpable a los pensamientos, cuando el hombre libremente se somete a ellos.

La chica inmediatamente comprendió que nada, ni nadie le obligaba a pensar. Ella siempre fue, era y seria libre, y los cuestionamientos intelectuales que pretendían arrebatarle en algunos momentos esa libertad, no eran más que sus propios obstáculos mentales.

Joska descubrió que el despertar de la conciencia era algo que iba mucho más allá, de mantenerse aislada de los pensamientos que le alejaban del aquí y ahora.

Tenía que aprender a crear sus propias afirmaciones, para liberarse de las interrogantes que terminaban convirtiéndose en aquellos pensamientos agobiantes.

La chica, decidió no volver a preguntarse nada sobre su despertar espiritual a futuro; no se formularia nuevamente interrogantes que, en lugar de ayudarle a encontrar una respuesta, simplemente le traerían más preguntas; las cuales solo le alejaban del conocimiento y del maravilloso sentido de la intuición.

A partir de ahora, había decidido cambiar a lo interno y despertar. Las horas de la mañana finalizaron, y después de esos profundos instantes de reflexión; se escuchó la puerta; el Sr. Horváth y Marely ¡habían regresado! Joska salió de la sala de meditación y bajó inmediatamente la escalera de la casa, para recibirlos. Zsiga abrió, y los tres, ¡entraron! Joska abrazó a Santiago y le dijo:

—Santiago, ya verás que todo será diferente de aquí en adelante ¡seremos una gran familia!

—Lo sé, y en realidad les agradezco mucho por ayudarme —comentó Santiago.

—Todo esto, ha sido muy rápido Santiago, y aún no hemos tenido tiempo de arreglarte un lugar independiente, pero poco a poco lo haremos juntos.

La antigua habitación de huéspedes será a partir de ahora tu recámara, la acondicionaremos para que allí, te puedas sentir a gusto hijo —expresó el Sr. Horváth.

—Gracias Sr. Horváth —dijo Santiago.

Todos subieron la escalera y le mostraron al pequeño, cuál sería su habitación y el niño se encontraba sorprendido. Luego, Marely le indicó que debían bajar, pues debía preparar el almuerzo y compartir un rato en familia; no obstante, Santiago preguntó a Joska, señalando la puerta de la sala de meditación:

—¿Esa es tu recámara?

—No Santiago, ese cuarto es nuestra sala de meditación —comentó Joska.

—¿Puedo verla?

—Claro que puedes verla corazón —expresó Marely, y le indicó a Joska que le mostrara el lugar al chico.

La joven Joska abrió la puerta y Santiago, miró al interior de la sala de meditación y comentó:

—¡Yo recuerdo cuando las vi en este lugar!

—¿Que dices? —preguntó el Sr. Horváth, muy asombrado.

—Es extraño lo que me sucedió una vez. Yo me encontraba en las calles y entré a una edificación abandonada, para protegerme del frio, y mientras dormía, soñé que había entrado a este lugar, y pude verla a usted Sra. Marely.

—Santiago te comprendo, pero no pienses en esas cosas que han pasado. Debes olvidar tu sufrimiento, y mirar al futuro. Ahora seremos una gran familia, ya lo verás —dijo la Sra. Horváth.

Bajaron a la sala de la casa y conversaron mientras Marely fue a la cocina a preparar algo para el almuerzo. Pasada la hora del medio día comieron, y el Sr. Horváth, le dijo a su esposa y a Joska que iría a la tienda en la tarde para ver si recuperaba un poco las ventas, debido a que, durante el mes, había tenido que cerrarla en varias oportunidades.

En ese instante, Joska le manifestó que deseaba mucho volver a la tienda, y Zsiga le comentó:

—Joska ¿qué tal si Santiago y tú, me acompañan a la tienda hoy, y así, él también tendrá la oportunidad de conocerla?

—Me parece una excelente idea Sr. Horváth; ¿tú qué opinas Santiago? ¿Te gustaría?

—Si —contestó Santiago, con algo de timidez.

—Entonces, no se diga más, iremos todos juntos a la tienda —respondió el Sr. Horváth.

—Hasta pronto Sra. Marely —expresó Joska.

—Hasta pronto Sra. Marely —manifestó Santiago.

—Nos veremos a la tarde amor —dijo el Sr. Horváth a su esposa.

Marely se despidió de ellos, y luego se marcharon rumbo a la tienda. Caminaron hasta la parada de autobuses, y por causa y efecto de la vida, el bus había llegado. Todo parecía estar a favor para ellos. El recorrido duró muy poco y pudieron llegar a la tienda rápidamente.

Una vez que llegaron a su destino, el Sr. Horváth abrió la puerta. Entraron para protegerse del frio que había en las calles por la temporada, y la jovencita, buscó un par de sillas, las colocó cerca del mostrador y todos tomaron asiento; sin embargo, en ese momento Santiago comentó:

—Sr. Horváth ¿puedo echar un vistazo a su tienda?

—¡Por supuesto Santiago! A partir de hoy, tú eres parte de la familia, serás como mí hijo.

—Sr. Horváth de verdad me siento muy agradecido con usted y con la señora Marely —respondió Santiago.

Seguidamente, el niño comenzó a recorrer los pasillos en compañía de Joska. A cada instante, le preguntaba a la chica sobre los objetos; su curiosidad y asombro, se evidenciaban en cada pregunta, y todo eso era muy natural. Santiago, siempre fue un chico muy pobre, difícilmente había tenido la oportunidad de ver obras de arte, objetos que representaran ciertos lujos, en fin, todo eso le resultaba novedoso; no obstante, siempre hubo algo muy valioso en su interior; una gran cualidad que el dinero era incapaz de pagar; ¡Su nivel espiritual! El chico, al igual que la joven Joska, tenía la capacidad de percibir y ver las cosas, que estaban más allá de lo físico; tenía mucha fortaleza y bondad en su corazón.

La chica continuó mostrándole la tienda a Santiago. Al cabo de cierto rato comenzaron a llegar muchas personas buscando algunos objetos antiguos para realizar obsequios. Estaban a solo un día de la navidad, y el trabajo era realmente agotador. Joska y Santiago, atendían a los clientes, mientras el Sr. Horváth se encargó de la caja.

Al final de la tarde, pasó por la tienda el Sr. Oláh, y entró para saludarlos.

—¡Mis estimados amigos!

—Hola Sr. Oláh, ¿cómo está? —comentó Joska, muy emocionada por su visita.

—Excelente Joska, y me alegra mucho verlos hoy.

—Para mí también es muy grato Sr. Oláh, y aprovecharé la oportunidad para presentarle a Santiago; mi hijo adoptivo a partir de hoy —dijo el Sr. Horváth.

—¡Dios! Que excelente noticia Sr. Horváth, en realidad me alegra mucho ver que se siente motivado y agradecido con la vida.

—Así es Sr. Oláh, estoy muy agradecido con la vida, y siento que hay muchas razones para ser feliz.

La conversación se extendió por algunos minutos, aun cuando el Sr. Oláh, simplemente pasó a saludar al Sr. Horváth, y confirmarle que mañana, iría a su casa para compartir con ellos la celebración de la navidad. Luego se despidió, y se marchó.

La tarde pasó rápidamente entre un gran número de ventas y el agotador trabajo; sin embargo, todos se encontraban felices.

El Sr. Horváth cerró la tienda y caminaron de nuevo hasta la parada de autobuses. Ya eran cerca de las 6:40 PM, tomaron el bus y no tardaron mucho tiempo en llegar a casa.

Zsiga abrió la puerta y entraron para protegerse del frio. Marely, se encontraba en la sala de la casa esperando, estaba algo preocupada, pues habían tardado mucho en llegar.

En ese momento, Zsiga le explicó a su esposa que durante la tarde, el trabajo en la tienda había sido muy agotador. Un gran número de personas realizaron compras, y por eso, había terminado de trabajar una hora más tarde de lo acostumbrado durante la temporada de invierno.

Todos pasaron al comedor para cenar y Marely había preparado algo especial. Cenaron, compartieron una taza de chocolate caliente, partieron un pastel para celebrar la llegada de Santiago a sus vidas, y el Sr. Horváth descorchó una botella de vino para brindar con su esposa Marely, por estos inmensos regalos que habían recibido del universo.

El día finalizó y después de compartir y conversar, se despidieron y tanto Joska como Santiago, entraron a sus respectivas habitaciones. El señor y señora Horváth, se fueron a dormir, y la noche transcurrió sin presentar sorpresas.

El día de navidad, había llegado felizmente y Joska despertó. Se levantó de la cama, se arregló y salió de su recámara. Caminó hasta la habitación de Santiago y tocó la puerta. El chico le abrió y ella le invitó a bajar, para dar los buenos días al señor y señora Horváth.

Ellos bajaron la escalera y Marely como de costumbre se encontraba en la cocina, preparando el desayuno, mientras Zsiga removía la nieve de la entrada de la casa.

Joska se detuvo por un instante a conversar con Marely, y Santiago, hasta que finalmente, entró el Sr. Horváth. En ese momento, pasaron al comedor y tomaron el desayuno. Después de comer, el pequeño Santiago, preguntó al Sr. Horváth:

—¿Hoy también iremos a su tienda Sr. Horváth?

—No, Santiago, como crees; durante el día de hoy, compartiremos en casa, colocaremos el árbol de navidad y pasaremos el día en familia.

En ese instante los ojos del chico brillaron de alegría; nunca había decorado un árbol de navidad, aun cuando en Hungría, estas decoraciones resultaban ser simples.

Pasó más o menos una hora y Marely trajo un arbolito de navidad, el cual adornaron en cuestión de minutos y colocaron al centro de la mesa, como suele acostumbrarse en toda Hungría.

Después de eso, realizaron algunas decoraciones en las paredes, y colocaron nueces y frutos secos en bandejas sobre la mesa del comedor.

Al mediodía, almorzaron en la cocina, pues la mesa del comedor había sido reservada desde muy temprano para la celebración de la noche de navidad.

La tarde pasó lentamente, pero era muy difícil aburrirse, pues la alegría se había adueñado del lugar.

La noche tan esperada por todos finalmente llegó. A eso de las 7.00 PM, alguien tocó la puerta, ¡era el Sr. Oláh! Joska abrió y le invitó a pasar. El Sr. Oláh, entró y la chica seguidamente le dijo:

—Tome asiento Sr. Oláh, si quiere puedo traerle algo de tomar, ¿tal vez una copa de vino?

—Muchas gracias jovencita, por ahora un vaso con agua estará bien; por cierto, te ves genial con ese vestido azul.

—¡Gracias Sr. Oláh! —dijo Joska, y se retiró.

La chica entró a la cocina y Marely también elogió su vestido, mientras Joska se mostró un poco apenada; no obstante, Marely le dijo:

—Tranquila Joska, no debes sentirte apenada, simplemente el vestido te luce bien, y eso es muy notorio, pero no es malo.

—Lo sé Sra. Marely, este vestido me lo obsequió el Sr. Horváth, lo encontré cuando subí a mi recámara, junto a una tarjeta.

—¡Que bien Joska!

Marely en esa ocasión tenía puesto un hermoso traje color rosa con algunos detalles blancos, y en ese momento, Santiago, bajó la escalera, vestido con un lindo traje gris claro, acompañado del Sr. Horváth, quien usaba un traje gris muy parecido al de Santiago, pero en un tono más oscuro.

El Sr. Horváth, había comprado, tanto el traje de Santiago, como el vestido de Joska y los había dejado sobre sus camas con una tarjeta, para que se vistieran muy elegantes durante la noche de navidad.

Fue un gran detalle que hizo brillar los ojos de aquellos jóvenes y también le encantó a Marely.

Marely le llevó el vaso con agua al Sr. Oláh y se quedó un rato en la sala conversando con él, y con su esposo Zsiga.

El Sr. Horváth encendió la radio, y se podía escuchar el fondo musical en el ambiente, las canciones de navidad y villancicos, que, en ese momento, eran trasmitidos por la emisora de radio.

La joven Joska y Santiago, conversaban entre ellos, mientras el Sr. Oláh, hablaba con el señor y señora Horváth. Al cabo de cierto rato, el Sr. Horváth, invitó a los presentes a pasar al comedor para cenar.

Todos pasaron al comedor, el Sr. Horváth tomó asiento a la cabeza de la mesa y Marely a su extremo derecho. Joska y Santiago, se sentaron al otro extremo del Sr. Horváth y el Sr. Oláh al lado de la Sra. Horváth.

La mesa estaba ordenada, un pavo relleno muy apetecible, un gran pastel, nueces, avellanas, frutos secos y galletas, ya habían sido colocados allí, para el disfrute de todos. Inmediatamente, el Sr. Horváth, tomó la palabra:

—Hoy estamos reunidos para celebrar esta noche mágica, la cual, a lo largo de los años, sé que estará en la memoria de todos nosotros; pues, será inolvidable, les pido que hagamos una oración para bendecir los alimentos, y rogar a las divinidades que tengamos a futuro, la oportunidad de repetir muchos otros momentos como estos —expresó el Sr. Horváth, y seguidamente pronunció la oración.

—¡Que así sea! —dijo el Sr. Oláh.

—Igualmente ¡que así sea! Buen provecho para todos —dijo Marely.

—¡Que así sea! Buen provecho —dijeron Joska y Santiago, casi al mismo tiempo.

Después de eso, comenzaron a disfrutar de la deliciosa cena de navidad que Marely y el Sr. Horváth, habían preparado.

El momento era definitivamente inolvidable. Joska y Santiago, a lo largo de sus vidas, nunca habían tenido la oportunidad de compartir de esa forma la noche de navidad, y estaban alegres. Aun cuando los recuerdos solían traer a la memoria, algo de nostalgia por las pérdidas de sus parientes en el pasado.

Por otra parte, Marely y su esposo, por primera vez compartían la navidad con ánimo, después del largo duelo que habían experimentado tras el fallecimiento de su hija, y el Sr. Oláh, les agradeció mucho y recordó también la pérdida de su familia, tema del cual, nunca había hablado frente al Sr. Horváth.

Los sentimientos estaban a flor de piel, y las emociones por algunos minutos, bajaron el ánimo; sin embargo, el optimismo comenzó a reinar de nuevo. Aquellos seres ya no estaban físicamente, pero su presencia se mantendría siempre viva en sus corazones, y en virtud de eso, debían luchar y continuar con mayor fortaleza: ¡La felicidad, estaba a las puertas del presente, y no a las sombras del pasado! Solo el aquí y ahora, marcarían el futuro.

El ánimo muy pronto se fue recuperando y la nostalgia se transformó en esperanza y alegría. Pues solo así, convertirían esa noche, en una navidad inolvidable, sin importar las tristezas, adversidades, e incluso, más allá de las pruebas que el destino les traería, tanto a Joska como a la familia Horváth.

XXI

La noche de navidad finalizó, pero no sin antes dejar grabada una huella imborrable en el corazón de todos los presentes. Recuerdos significativos comenzaron a dar paso al futuro, y los días siguientes transcurrieron con gran rapidez, pero a la vez, de manera muy agradable.

A la mañana del 28 de diciembre, la joven Joska despertó sobresaltada a causa de un extraño sueño; en él, se encontró en un sitio abandonado en compañía de Santiago, Marely y el Sr. Horváth. Ellos en ese instante, lloraban sin control, mientras ella, simplemente se despedía y caminaba hacia un lugar totalmente desconocido.

Aquellas escenas eran muy confusas, y al despertar, la jovencita comenzó a experimentar una profunda tristeza, tal como se llegó a sentir Claudia, al saber que debía desprenderse de su propia personalidad, y renunciar a todo lo que fue; no obstante, la chica reaccionó.

Su corazón le habló, y pudo sentir en él, una gran fuerza que le impulsaba a vencer la negatividad.

Ahora no había obstáculos mentales, ni argumentos arraigados en el pesimismo; sin embargo, el pesar, y un leve decaimiento en su ánimo se mantenía, aun cuando ella simplemente decidió ignorarlo. Se levantó de la cama, lavó su cara y sus dientes, se cambió de ropa, bajó la escalera y caminó hasta la cocina. Allí se encontraba Marely preparando el desayuno, mientras conversaba amigablemente con Santiago.

—Buenos días Sra. Marely —expresó la chica.

—Buenos días Joska.

—Hola Santiago, ¿Cómo estás? —dijo otra vez la chica.

—Hola, estoy bien Joska, después del desayuno iremos a la tienda.

—Si Santiago, lo sé, y cuéntame: ¿te gusta mucho acompañarnos a la tienda?

—Sí, a mí me encanta ese lugar, y me entretiene muchísimo ayudar al Sr. Horváth.

—Te comprendo, a mí también me pasa lo mismo siempre —respondió Joska, con un ligero desanimo.

—¿Estás triste? —preguntó Santiago.

—En realidad, me siento algo desanimada; pero imagino que durante el día todo eso pasará.

—Tranquila Joska, así será, ya verás, por ahora vamos al comedor para disfrutar del rico desayuno que les preparé —dijo Marely.

La chica y Santiago caminaron juntos hasta el comedor; seguidamente, Marely les sirvió la comida.

Después de comer, ya se encontraban listos para ir a la tienda y el Sr. Horváth entró, tomó su desayuno rápidamente, pues tenía algo de prisa, y le indicó tanto a Joska como a Santiago que era hora de ir a la tienda.

La joven y el niño caminaron con él hasta la puerta de la casa, donde se despidieron de Marely y se marcharon. Caminaron hasta la parada de autobuses, y estando allí, comenzó la espera. El bus tardó casi media hora en llegar. El frio era fuerte en relación con los días anteriores, y había pocas personas en las calles; sin embargo, nada les impidió llegar.

El bus se detuvo en la parada, Joska, Santiago y el Sr. Horváth, bajaron de él, y comenzaron a caminar hasta que finalmente abrieron la tienda y entraron. Zsiga cerró la puerta para protegerse del frio, y todos se sentaron.

Mientras el Sr. Horváth leía el periódico, Joska y Santiago conversaban. De pronto el chico le preguntó a la joven:

—Joska ¿qué es eso que todos los días te colocas alrededor del cuello?

—Es un péndulo de cristal de cuarzo rosa.

—¿Y para qué sirve? —preguntó el niño con algo de curiosidad.

—Verás Santiago, el cristal de cuarzo rosa, nos trasmite su energía y esto ayuda a fortalecer el sentido de la intuición.

—¿Intuición? Pero ¿qué es eso?

—Te explicaré con más detalles Santiago. La intuición es eso que sentimos en el fondo del corazón, y nos hace saber que debemos hacer o que debemos evitar.

—¿Es algo así como lo que sentías esta mañana, antes de salir de la casa?

—En realidad, no lo sé —contestó Joska.

—¿por qué? —preguntó nuevamente Santiago.

—Verás Santiago, hoy sentía que no debía pararme de la cama, pero al mismo tiempo, algo dentro de mí, me dio la fuerza para sobreponerme. No quiero que de ahora en adelante confundas la pereza con la intuición —dijo Joska al chico, y comenzó a sonreír.

El niño se comenzaba a sentir a gusto, al ver como Joska poco a poco retomaba su alegría.

La fría mañana fue pasando y nadie visitó la tienda; no obstante, era algo muy natural, con un clima tan frio, las personas preferirían mantenerse en casa, y no salir a menos que fuese realmente necesario.

Las horas de la mañana pasaron y ya era mediodía, pero un pequeño olvido les obligaría a salir de la tienda, el Sr. Horváth y Joska, habían dejado su comida y la del chico, sobre la mesa del comedor; así que el Sr. Horváth, les dijo:

—Bueno, tendremos que buscar un lugar para ir a almorzar fuera de la tienda.

—Sr. Horváth, de pronto sentí algo extraño —dijo la chica.

—¿Que sucede Joska?

—No lo sé Sr. Horváth, repentinamente sentí como un vacío en el corazón y un ligero escalofrío.

—Joska, pero necesitamos salir, no podemos esperar en la tienda, ¡anímate! ya verás, ¡no pasará nada! —respondió el Sr. Horváth, aun sin darse cuenta que, el destino y su recurrencia, le conduciría a una de las pruebas más difíciles de afrontar.

Joska intentó tranquilizarse y por un instante lo consiguió. Aun cuando en su corazón, había algo que le indicaba, que lo mejor sería no salir; sin embargo, accedió y todos terminaron abandonando la tienda, para ir a un pequeño restaurant que se encontraba a dos cuadras de allí.

El Sr. Horváth cerró la puerta de su negocio, tomó a Santiago de la mano y le ayudó a cruzar la calle. Joska caminó junto a ellos, pero a cada paso que daba, comenzaba a experimentar una extraña sensación en todo su cuerpo, pero no quería preocupar más al Sr. Horváth.

Por un segundo, la chica dejó de caminar cuando apenas, había cruzado la calle que se encontraba frente a la tienda, y el Sr. Horváth en ese momento, se detuvo y le dijo:

—¿Que te sucede Joska?

—¡Realmente no lo sé! Es muy extraño, siento como si alguien nos estuviera observando.

—Pero, no hay nadie en este lugar —contestó el Sr. Horváth, después de ver hacia ambos extremos de la calle.

—Lo sé, Sr. Horváth ¡pero tengo mucho miedo!

—Joska, te contaré algo: hay ocasiones en las cuales debemos afrontar nuestros propios miedos, y especialmente en aquellas circunstancias que no podemos evitar; sé que a veces es difícil, pero de nada sirve intentar escapar del destino y sus pruebas, simplemente debes darte cuenta; que tenemos una misión y un propósito en la vida, más allá de las adversidades; por favor, ¡nunca olvides eso!

—Le comprendo Sr. Horváth —respondió la chica, mientras comenzaba a tranquilizarse un poco.

Después de estas palabras, Joska, Santiago y el Sr. Horváth, continuaron su camino. En ese instante, un fuerte grito de ira irrumpió en el lugar, para arrebatarles los pocos segundos de tranquilidad que habían conseguido; ¡era Ludolf Richter! Totalmente molesto.

—¡Deténgase inmediatamente Sr. Horváth!

—Sr. Ludolf, nosotros no queremos saber nada de usted —dijo el Sr. Horváth, mientras Joska y Santiago, se encontraban paralizados de miedo.

—¿Qué creé usted? ¿Qué le perdonaré la humillación que me hizo sentir aquel día en el consorcio? Hizo que mi propio hermano Friedrich, me humillara frente a todos; ¿aún creé que no tiene una cuenta pendiente conmigo? ¡Se equivoca! Hoy se lo cobraré, sin importar las consecuencias.

—¿Que dice? ¡Usted está definitivamente loco Sr. Ludolf! —respondió el Sr. Horváth.

Ludolf Richter preso de ira, introdujo rápidamente la mano en el bolsillo de su abrigo, y en ese preciso momento: ¡sacó una pistola semiautomática Parabellum! Y con ella, apuntó al pecho del Sr. Horváth.

—¡Que está haciendo Sr. Ludolf Richter! ¡Tenga cuidado! —comentó el Sr. Horváth.

—Tengo que acabar con usted. ¡Voy a matarlo ahora! —gritó Ludolf, totalmente desequilibrado por la ira.

¡De pronto!

¡Algo inesperado sucedió!

El oficial de policía Odi Kardos, quien tenía por costumbre almorzar en un restaurant, ubicado en las adyacencias del lugar; pasó, y al ver la peligrosa escena, corrió hasta donde se encontraba Ludolf Richter; se ubicó cerca de él, desenfundó rápidamente su arma de reglamento, le apuntó y le advirtió que bajara la pistola.

No obstante, Ludolf se encontraba totalmente cegado por la rabia, y los resentimientos. Nuevamente se escuchó la voz del oficial Odi cuando gritó:

—¡Le dije que baje inmediatamente el arma!

—¡No lo haré! —gritó Ludolf al momento en que sus manos temblaban.

El Sr. Horváth, estaba en profundo silencio, pues sabía que la situación era delicada. Ludolf no se encontraba en su sano juicio, y esto sumado a los antecedentes de odio y los resentimientos, podían formar una mezcla de emociones muy peligrosas. Por otra parte, Santiago lloraba desesperado abrazando a Joska, mientras veía como el sujeto amenazaba con la pistola al Sr. Horváth.

La joven Joska temblaba de miedo, y se preguntaba internamente:

—¡Dios mío! ¿Qué debo hacer?

—¡El momento ha llegado! —dijo una extraña voz, desde lo más profundo de su corazón.

—¿No comprendo? —volvió a preguntarse a sí misma, mientras el oficial intentaba convencer a Ludolf que bajara su arma.

En tan solo un par de segundos, las imágenes de una trágica escena pasaron por su cabeza. La jovencita comenzó a llorar y sintió un gran vacío en su interior, pero estaba comprendiendo que ahora, tenía que enmendar los errores de su pasado. Claudia, había renunciado a la vida por miedo, y en esta oportunidad, algo le hacía entender que, a pesar de cualquier situación, debería vencer los temores y afrontar con valor los efectos de su propia realidad.

En ese instante, Joska se lanzó a los brazos del Sr. Horváth, sin importarle las consecuencias, y Ludolf Richter apretó del gatillo. Inmediatamente, el oficial Odi Kardos, también disparó. Ludolf cayó tendido en el suelo con un disparo que entró por su costado izquierdo y alcanzó su corazón, provocando su muerte de manera casi instantánea.

La joven Joska recibió un disparo en su espalda. El Sr. Horváth, comenzó a gritar desesperadamente, y Santiago lloraba aterrado; el oficial realizó un llamado por radio para reportar la emergencia y solicitó una ambulancia. La chica a duras penas pronunciaba algunas palabras, que parecían perderse entre la angustia y el dolor.

La situación era cruel y difícil de aceptar. En cuestión de minutos la ambulancia llegó al lugar. Joska aún estaba consciente, pero su respiración se reducía, y su mirada poco a poco se comenzaba a desvanecer, mientras uno de sus pulmones se llenaba de sangre.

La jovencita se encontraba herida de gravedad, y solamente el destino tendría la última palabra. Fue atendida por los paramédicos, quienes la subieron rápidamente a la ambulancia. El Sr. Horváth y Santiago, abordaron la unidad sin perder más tiempo, y emprendieron el rápido viaje al principal hospital de la ciudad de Budapest.

Durante el trayecto, solo había lágrimas y preocupaciones. El dolor se adueñaba de la vida del Sr. Horváth, y Santiago se encontraba muy asustado.

Aquellos largos minutos que parecían años, finalizaron y los paramédicos abrieron la puerta de la ambulancia, y bajaron a la chica. El Sr. Horváth junto a Santiago, abandonaron la ambulancia e intentaron ingresar a la sala de emergencias, pero eso no les resultó posible, pues debían aguardar en la sala de esperas.

El tiempo era muy angustiante, pero no había nada que hacer; mientras esperaban, el Sr. Horváth pensó en su esposa; aun cuando no encontraba el valor para contarle lo que había sucedido; no obstante, se logró sobreponer y llamó a su casa.

—Marely, ¡tengo que comunicarte algo urgente!

—¡Sí! ¿qué sucede? ¿Por qué estas tan asustado?

—A pasado algo terrible; es Joska, ella recibió un disparo en su espalda; estamos en el hospital donde fue recluida por primera vez.

—¡Voy saliendo para allá! —contestó Marely, al momento en que también rompió en llanto.

Marely llegó lo más pronto que pudo, y en su rostro se podía ver la desesperación; sin embargo, el Sr. Horváth, aún no había recibido ninguna noticia por parte del personal médico. En ese instante, uno de los doctores salió y preguntó:

—Los familiares de Joska Viktória Levenson; ¿se encuentran presentes?

—Sí doctor, somos nosotros; ¿cómo se encuentra ella? —respondió el Sr. Horváth.

—Verá señor, la situación es muy delicada; la paciente ha perdido mucha sangre y en este momento la estamos operando, para extraer la bala y reconstruir los daños internos, pero necesitará un par de transfusiones urgentes; su grupo sanguíneo es: A positivo.

—Yo tengo ese mismo tipo de sangre —respondió inmediatamente Marely.

El Sr. Horváth, no podía ser donante; pues su grupo sanguíneo no era compatible con el de la chica, pero aún faltaba saber si Santiago podría ser ese donante que Joska necesitaba. Le extrajeron al niño una muestra, mientras Marely acompañó a la enfermera al banco de sangre. El tiempo pasaba y el chico resultó ser también: A Positivo.

Al menos, ya se tenían los donantes que la joven requería de forma inmediata, y solo esperaban que todo esto, no fuera más que una prueba del destino; aun cuando el miedo y la tristeza, no quería abandonar sus corazones.

Las horas pasaban y Joska luchaba incansablemente por regresar. Estaba inconsciente, atrapada en el inquietante mundo del silencio. No podía observar la luz, ni las formas de la realidad. Era un extraño limbo que para muchos, representaría una experiencia aterradora; sin embargo, ella se había acostumbrado al misterio.

Haber recordado su pasado, y las experiencias que tuvo en ese mismo hospital, le ayudaban a calmar su alma.

La chica nuevamente recordó los últimos minutos que tuvieron lugar en la vida de Claudia, y pudo ver las cosas con mayor claridad.

Una gran película, le mostró a fondo sus vidas pasadas, y finalmente comprendió que Angyal y Santiago, habían sido sus hijos en un pasado muy lejano. También entendió que la vida no siempre era bella, pero era real, y más allá de las frustraciones, debía ser fuerte para poder reconstruir con éxito su nueva realidad.

Nada pasaba por casualidad, eso era algo que ella sabía perfectamente, y se preguntaba: si esto son los efectos: ¿cuáles son los errores? ¿Cuál es la causa de mi karma? En ese instante, su corazón, *¡le hizo sentir libre!* Su conciencia se iluminó, y entendió que la vida era un camino que estaba allí para ser transitado, y no para detenerse o permanecer en él. Comprendió lo que realmente significaba: *"caminar adelante sin mirar las sombras de su pasado".* En su anterior existencia, entregó la vida, simplemente para escapar de una realidad, la cual creyó no poder afrontar.

La causa de lo que estaba sucediendo, había iniciado con el suicidio de Claudia, tras no saber afrontar con fortaleza las dificultades de la vida, y ahora Joska debía enfrentar las consecuencias. Ella tenía que vencer el miedo para rescatar de la muerte al Sr. Horváth, sin importarle que; para ello, tuviera que arriesgar su vida sin temor alguno. Eso para la chica, sencillamente era una prueba más. Joska, había dado ese paso al frente, sin que las sombras de su pasado le convirtieran en prisionera del miedo. Con su acto heroico, simplemente logró enmendar uno de los tantos errores del pasado, y eso, sin duda alguna, representaría un valioso punto a su favor.

La chica solo esperaba despertar, cuando tuviera que hacerlo por ley del universo y comenzar de cero, tener una nueva oportunidad junto a sus seres queridos, y continuar el camino que le conduciría a enmendar los errores de cada una de sus anteriores existencias.

El tiempo avanzaba a grandes pasos en el mundo real, mientras la vida se desgastaba y se consumía. Lo que fue, poco a poco comenzó a dar paso al futuro. Mientras Joska, aún era prisionera del inquietante mundo del silencio.

Aquel letargo que agotaba el tiempo de manera implacable. Encontró su final, cuando el universo: ¡decidió realizar su jugada maestra! En ese momento, el silencio se convirtió en ruido, la tranquilidad en movimiento, y la soledad en esperanza. Cosas inexplicables comenzaban a suceder, y Joska, ¡pudo sentir que estaba por regresar! El tiempo continuó avanzando entre algunos instantes de confusión, y finalmente llegó la calma. Después de eso, unos leves rayos de luz pudieron entrar en su mirada, y le encandilaron; la situación comenzaba a intrigarle, pues, en su corazón: ¡sentía que tendría una nueva oportunidad! Lentamente, pudo abrir los ojos; pero todo le resultaba extraño.

El ambiente en el hospital era muy diferente. Se encontró en un lugar que nunca había visto o imaginado. Su cama era suave, pero inmensas paredes de cristal trasparentes le rodeaban. Las cosas a su alrededor parecían tener una dimensión exagerada con relación a su tamaño, y por un instante, eso le asustó. Intentó hablar, con el objeto de llamar a una enfermera que le explicara lo que estaba sucediendo, pero ¡le resultó imposible! Sus palabras, ¡se convertían en un sutil llanto! Y la realidad cada vez, era más confusa. En esa ocasión, buscó una explicación racional, y se dijo así misma:

—¡Dios mío! ¿habré estado inconsciente por un largo tiempo?

—¿Qué me sucede? ¿Será que estuve en coma por varios meses o años?

—Esto es realmente extraño; pues me acuerdo de todo, y puedo moverme, pero no consigo hablar, y mis ojos; ¡por Dios! Son tan sensibles a la luz.

La chica se inquietó, y se encontraba muy confundida. De pronto, una enfermera entró, acompañada de una pareja. Ella les observó detalladamente a través de los cristales que cubrían su extraña cama, pero al no reconocer sus rostros, se impresionó; y al observar que esas personas parecían tener una estatura exagerada. Se desesperó, e intentó gritar. Aun cuando simplemente podía emitir un sutil y delicado llanto. Por un instante, pensó que, estaba nuevamente en el mundo de los sueños, y decidió retomar la calma, aunque la realidad, era sencillamente incomprensible y misteriosa.

En ese momento, la enfermera sonrió, al igual que lo hizo la extraña mujer de piel blanca y su acompañante. Por segundos se asustó, pero ellos, le tranquilizaron con encantadoras palabras, y de forma casi inmediata; alcanzó a escuchar cuando el sujeto dijo:

—Cielo, es una niña hermosa como tú, se llamará: ¡María!

—Gracias mi amor, ahora seremos realmente una familia feliz —respondió la mujer.

En ese momento, dejó de llorar y entró en un profundo silencio. Comprendió que había dejado de ser Joska, y en lo sucesivo sería llamada María. El impacto fue realmente fuerte para ella; la familia Horváth: Zsiga, Marely, Santiago, y el Sr. Oláh, ya no estaban, y ciertamente, el universo le había dado una nueva oportunidad para continuar su camino, y enmendar o resarcir los errores del pasado; sin embargo, en esta ocasión, debía comenzar de cero y olvidar su dolor, sin perderse el conocimiento y la sabiduría obtenida durante su anterior existencia.

Esa mañana de mayo de 1982, quien una vez fue la joven Joska, se preparaba para reiniciar su vida, y pensaba en muchas cosas. Por una parte, sentía una enorme tristeza, pues había perdido a todas aquellas personas que amó tanto en tan corto tiempo.

Pero a la vez, lograba sobreponerse al pensar, que un nuevo futuro le esperaba. Tendría unos padres que lo darían todo por ella, y eso sencillamente significaba que no había espacio para arrastrar las pesadas cargas emocionales producidas por el apego y la tristeza.

A partir de ahora, tenía que encontrar poco a poco la manera de reinventar su nueva vida, y reconstruir su propia existencia, aunque eso significara: *¡renacer de sus cenizas como el ave Fénix!* En esta oportunidad, tenía que cerrar esa ventana que dejaba entrar siempre el dolor y el miedo, pues una misión le había sido revelada.

Cuando ella se rencontró por causa y efecto del universo con Angyal, entendió que el sufrimiento del chico desaparecería cuando él, diera su mensaje a Claudia, Joska y María, pues tan solo ella: *¡seria su salvación!* También logró saldar parte de su karma, al recuperar a Santiago, y permitir que él, recibiera todo el amor de la familia Horváth.

Además de eso, durante aquellos años que transitó por el inquietante mundo del silencio, logró comprender que Angyal y Santiago, una vez, en un lugar lejano; fueron sus hijos. Ella los amó, hasta el extremo de morir por ellos; sin embargo, ¡todo en el tiempo de Dios, se reencuentra y se reconstruye! Ahora solo era cuestión de esperar el desenlace.

María a su llegada, comprendió que el mundo, era simplemente un espacio para retomar el cauce de la vida, más allá de la muerte; y supo que el paraíso, no sé encontraba en el cielo; sino en la tierra, y este no era otra cosa que la realidad. En sus anteriores vidas, conoció la tristeza y la alegría; el dolor y el regocijo; la ira y la paz; la libertad, y la oscuridad del inquietante mundo del silencio; pero a pesar de todo, dio las gracias y se dijo nuevamente así misma:

—¡Ahora puedo sentirlo en mi corazón!

—¡He encontrado el camino al paraíso!

Después de eso, el cansancio, se adueñó de ella. La inocente niña, se quedó profundamente dormida, sin pensar en su futuro.

¡El estado de plena conciencia, tal vez, sea olvidado!

En la medida que pasen los días, los meses y los años, ella seguramente aprenderá a ser tan solo una niña, y eso, le hará olvidar todo lo que fue. Pero el universo, dentro de 15 años; colocará en su camino a un niño enfermo de cáncer, quien le enseñará: a valorar el aquí y ahora, para no perderse la realidad de la vida, porque ese; es el único camino que le conducirá al cielo que se encuentra dentro de la misma tierra: *¡El Paraíso Impensable!*

Todo está aquí...

~FIN~

ÍNDICE